Antonio Tabucchi
Lissabonner Requiem

Eine Halluzination

Aus dem Italienischen von
Karin Fleischanderl

Carl Hanser Verlag

Die Originalausgabe erschien 1991 unter dem Titel
Requiem. Uma alucinação
bei Quetzal Editores, Lissabon.
Die Übersetzung wurde von Said nach dem
portugiesischen Original durchgesehen.

1 2 3 4 5   98 97 96 95 94

ISBN 3-446-17381-1
© Antonio Tabucchi 1991
Alle Rechte der deutschen Ausgabe:
© Carl Hanser Verlag München Wien 1994
Satz: Fotosatz Reinhard Amann, Aichstetten
Druck und Bindung: Franz Spiegel Buch GmbH, Ulm
Printed in Germany

Vorbemerkung

Diese Geschichte spielt an einem Julisonntag in einem menschenleeren und glühendheißen Lissabon und ist das *Requiem*, das sich die Figur, die ich »ich« nenne, in Form dieses Buches aufzuführen gezwungen sah. Wenn mich jemand fragte, warum ich diese Geschichte auf Portugiesisch geschrieben habe, würde ich antworten, daß eine Geschichte wie diese nur auf Portugiesisch geschrieben werden konnte und basta. Aber noch etwas gibt es zu klären. Strenggenommen müßte ein Requiem auf Latein geschrieben werden, zumindest verlangt das die Tradition. Aber leider bin ich nicht sehr gut in Latein. Wie dem auch sei, es wurde mir klar, daß ich ein Requiem nicht in meiner eigenen Sprache schreiben konnte, und daß ich eine andere brauchte: eine Sprache, die ein Ort der Zuneigung und der Reflexion sein mußte.

Dieses *Requiem* ist nicht nur eine »Sonate«, sondern auch ein Traum, in dessen Verlauf meine Figur Lebenden und Toten auf ein und derselben Ebene begegnet: Personen, Dingen und Orten, die vielleicht eine Grabrede gebraucht hätten, eine Grabrede, die meine Figur jedoch nur auf ihre Weise halten konnte: in Form eines Romans. Aber vor allem ist dieses Buch eine Hommage an ein Land, das ich ins Herz geschlossen habe und das mich seinerseits ins Herz geschlossen hat, an ein Volk, das an mir Gefallen gefunden hat und an dem ich meinerseits Gefallen gefunden habe.

Würde jemand einwenden, daß dieses *Requiem* nicht mit der gebührenden Feierlichkeit aufgeführt worden ist, bliebe mir nichts anderes übrig als zuzustimmen. Um die Wahrheit zu sagen, ich habe es vorgezogen, meine Musik nicht mit einer Orgel zu spielen, einem Instrument, das zu Kathedralen paßt, sondern mit einer Mundharmonika, die man in die Tasche stecken kann, oder mit einer Drehorgel, die man über die Straße schiebt. Wie Drummond de

Andrade habe ich immer billige Musik geliebt; und, so wie er, *will ich nicht Händel zum Freund, und den Morgengesang der Erzengel höre ich mir nicht an. Mir reicht das, was die Straße mir gebracht hat, ohne Botschaft, und was wieder verlorengegangen ist, so wie wir verlorengehen.*

A.T.

Die Personen,
denen man in diesem Buch begegnet:

Der drogensüchtige Junge
Der hinkende Losverkäufer
Der Taxifahrer
Der Kellner aus der Brasiliera
Die alte Zigeunerin
Der Friedhofswächter
Tadeus
Herr Casimiro
Die Frau von Herrn Casimiro
Der Portier der Pension Isadora
Isadora
Viriata
Der junge Vater
Der Barmann des Museums für Antike Kunst
Der Kopist
Der Zugschaffner
Die Frau des Leuchtturmwächters
Der Maître der Casa do Alentejo
Isabel
Der Geschichtenverkäufer
Mariazinha
Der Gast
Der Ziehharmonikaspieler

1.

Ich dachte: Der Typ kommt nicht mehr. Und dann dachte ich: Ich kann ihn doch nicht »Typ« nennen, er ist ein großer Dichter, vielleicht der größte Dichter des zwanzigsten Jahrhunderts, inzwischen ist er seit vielen Jahren tot, ich muß ihn mit Respekt behandeln, besser gesagt, mit höchstem Respekt. Aber so allmählich war ich doch etwas verdrossen, die Sonne brannte, die Spätjuli-Sonne, und ich dachte noch: Ich bin im Urlaub, dort in Azeitão, im Landhaus meiner Freunde, ging es mir so gut, warum habe ich mich bloß auf dieses Treffen hier an der Mole eingelassen, das Ganze ist doch absurd. Und ich betrachtete meinen Schatten unter mir, und auch er erschien mir absurd und überflüssig, sinnlos, es war ein kurzer Schatten, der von der Mittagssonne flachgedrückt wurde, und da erinnerte ich mich: Er hatte zwölf gesagt, aber vielleicht hatte er zwölf Uhr Mitternacht gemeint, Geister erscheinen immerhin um Mitternacht. Ich stand auf und ging über die Mole. Auf der Straße war fast kein Verkehr, nur wenige Autos fuhren vorüber, einige davon mit Sonnenschirmen auf dem Gepäckträger, lauter Leute, die zu den Stränden in Caparica unterwegs waren, es war ein glühendheißer Tag, ich dachte: Was mache ich hier, am letzten Sonntag im Juli? Und ich ging schneller, um so rasch wie möglich in Santos zu sein, vielleicht war es im Park ein wenig kühler.

Der Park war menschenleer, nur der Zeitungsverkäufer stand vor seinem Kiosk. Ich ging zu ihm hin, und der Mann lächelte. Benfica hat gewonnen, sagte er strahlend, haben Sie es in der Zeitung gelesen? Ich schüttelte den Kopf, nein, ich hatte es noch nicht gelesen, und der Mann sagte: Ein Nacht-Match in Spanien, ein Benefizspiel. Ich kaufte *A Bola* und suchte mir eine Bank, um mich zu setzen. Ich las gerade, wie es dazu gekommen war, daß Benfica das entscheidende Tor gegen Real Madrid geschossen hatte, als jemand guten Tag sagte, und ich hob den Kopf.

Guten Tag, wiederholte der Junge mit dem Bart, der vor mir stand, ich bräuchte Ihre Hilfe. Hilfe wozu, erkundigte ich mich. Hilfe, um zu essen, sagte der Junge, ich habe seit zwei Tagen nichts gegessen. Es war ein ungefähr zwanzigjähriger Junge in Jeans und Hemd, der mir schüchtern die Hand hinhielt, als bettelte er um Almosen. Er war blond und hatte große Ringe unter den Augen. Seit zwei Tagen hast du dir keinen Schuß gesetzt, sagte ich aus einer Eingebung heraus, und der Junge erwiderte: Das ist dasselbe, es ist wie essen, zumindest für mich. Im Prinzip bin ich für alle Drogen, sagte ich, leichte wie schwere, aber nur im Prinzip, in der Praxis bin ich dagegen, entschuldigen Sie, ich bin ein bürgerlicher Intellektueller voller Vorurteile, ich akzeptiere nicht, daß Sie in diesem Park Drogen nehmen und Ihren Körper auf erbärmliche Weise zur Schau stellen, entschuldigen Sie, aber das ist gegen meine Prinzipien, ich könnte gerade noch tolerieren, daß Sie zu Hause Drogen nehmen, in Gesellschaft gebildeter und intelligenter Freunde, und dabei Mozart oder Erik Satie hören. A propos, fügte ich hinzu, gefällt Ihnen Erik Satie? Der drogensüchtige Junge sah mich verwundert an. Ist das ein Freund von Ihnen, fragte er. Nein, sagte ich, das ist ein französischer Musiker, der der Avantgarde angehörte, ein großer Musiker aus der Epoche des Surrealismus, sofern man von einer Epoche des Surrealismus sprechen kann, er hat vor allem Klaviermusik geschrieben, ich glaube, er war ein sehr neurotischer Mensch, wie Sie und vielleicht auch ich, ich hätte ihn gern kennengelernt, aber wir haben in verschiedenen Epochen gelebt. Bloß zweihundert Escudos, sagte der drogensüchtige Junge, zweihundert sind genug, den Rest habe ich, in einer halben Stunde kommt der Krebs vorbei, das ist der Dealer, ich brauche einen Schuß, ich bin auf Entzug. Der drogensüchtige Junge holte ein Taschentuch aus der Tasche und schneuzte sich heftig. Er hatte Tränen in den Augen. Sie sind böse, sagte der drogensüchtige Junge, ich könnte ja auch aggressiv werden, ich könnte Sie bedrohen, ich könnte mich tatsächlich wie ein Drogensüchtiger aufführen, aber nein, ich war freundlich und nett, wir haben sogar von Musik gesprochen, und Sie wollen mir nicht einmal zweihundert Escudos geben, unglaublich. Er schneuzte sich noch einmal und fuhr fort: Außerdem sind die Hunderterscheine hübsch, da ist Pessoa drauf, und jetzt stelle *ich* Ihnen eine Frage, gefällt dem Herrn Pessoa? Und wie er mir gefällt, antwortete ich, so sehr, daß ich Ihnen eine schöne Geschichte erzählen könnte, aber es lohnt sich nicht, ich glaube, ich bin ein wenig durcheinander, ich komme gerade von der Alcântara-Mole, aber auf der Mole war niemand, wahrscheinlich werde ich um Mitternacht noch einmal hingehen, ich weiß nicht, ob Sie mich verstehen. Ich verstehe gar nichts, sagte der drogensüchtige Junge, aber das macht nichts, danke. Er steckte die zweihundert Escudos, die ich ihm hinhielt, in die Tasche und schneuzte sich noch einmal. Ist gut, sagte er, entschuldigen Sie, ich muß den Krebs erwischen, Sie müssen entschuldigen, es hat mir großen Spaß gemacht, mit Ihnen zu sprechen, ich wünsche Ihnen einen schönen Tag, auf Wiedersehen, wenn Sie gestatten.

Ich lehnte mich auf der Bank zurück und schloß die Augen. Es war schrecklich heiß, und ich hatte keine Lust mehr *A Bola* zu lesen, vielleicht hatte ich auch ein wenig Hunger, aber je schwerer es mir fiel, aufzustehen und mich auf die Suche nach einem Restaurant zu begeben, desto mehr genoß ich es, dazusitzen, im Schatten, fast ohne zu atmen.

Morgen ist Ziehung, sagte eine Stimme, möchten Sie nicht ein Los kaufen? Ich öffnete die Augen. Es war ein ungefähr siebzigjähriger, kleiner Mann, der einfach gekleidet war, in dessen Gesicht und in dessen Benehmen jedoch ein

Rest verlorener Würde lag. Er kam hinkend auf mich zu, und ich dachte: Den kenne ich doch, und dann sagte ich zu ihm: Augenblick, wir haben uns doch schon irgendwo gesehen, Sie sind der hinkende Losverkäufer, natürlich sind wir einander schon begegnet. Wo? fragte der Mann und setzte sich mit einem Seufzer der Erleichterung zu mir auf die Bank. Ich weiß nicht, sagte ich, im Augenblick könnte ich es nicht sagen, ich habe ein absurdes Gefühl, ich glaube, ich kenne Sie aus einem Buch, aber vielleicht ist die Hitze oder der Hunger daran schuld, hin und wieder spielen einem die Hitze oder der Hunger solche Streiche. Ich habe den Eindruck, der Herr ist ein wenig verrückt, sagte der Alte, entschuldigen Sie, wenn ich Ihnen das sage, aber Sie kommen mir ein wenig verrückt vor. Nein, sagte ich, das Problem liegt woanders, das Problem besteht darin, daß ich nicht einmal weiß, warum ich hier bin, es ist, als ob ich halluzinierte, ich könnte nicht einmal erklären, was ich Ihnen da erzähle, sagen wir, ich war in Azeitão – kennen Sie Azeitão? –, ich war im Landhaus von Freunden, ich lag unter einem großen Baum, der dort steht, einem Maulbeerbaum, glaube ich, ausgestreckt in einem Liegestuhl, und las ein Buch, das ich sehr liebe, und auf einmal war ich hier, ach ja, jetzt erinnere ich mich, es war *Das Buch der Unruhe*, Sie sind der hinkende Losverkäufer, der Bernardo Soares vergeblich auf die Nerven ging, genau, daher kenne ich Sie, aus diesem Buch, das ich unter einem Maulbeerbaum gelesen habe, in einem Landhaus in Azeitão. Die Unruhe kenne ich auch, sagte der hinkende Losverkäufer, auch ich habe den Eindruck, ich sei einem reich illustrierten Buch mit üppig gedeckten Tafeln und prächtigen Salons entsprungen, aber der Reichtum ist inzwischen verlorengegangen, und Bernardo war mein Bruder, Bernardo António Pereira de Melo, er hat das Vermögen verpulvert, London, Paris und Weiber, und so wurden die Landgüter im Norden um ein Spottgeld verscherbelt, eine Krebsoperation in Houston besorgte den Rest, bald war kein Geld mehr auf der Bank, und ich stehe nun da und verkaufe Lose. Der hinkende Losverkäufer holte Atem und sagte: Wie dem auch sei, entschuldigen Sie vielmals, ich möchte keinen Streit vom Zaun brechen, aber da ich Sie als Gentleman behandle, verstehe ich nicht Ihre Vertraulichkeit mir gegenüber, gestatten Sie, daß ich mich vorstelle, Francisco Maria Pereira de Melo, sehr erfreut, Sie kennenzulernen. Der Herr muß mir verzeihen, antwortete ich, ich bin Italiener, hin und wieder lasse ich mich von euren Umgangsformen täuschen, die portugiesischen Umgangsformen sind so kompliziert, haben Sie Nachsicht mit mir. Wenn es dem Herrn lieber ist, können wir auch englisch sprechen, sagte der hinkende Losverkäufer, auf englisch gibt es kein Problem, man sagt immer *you*, ich spreche gut englisch und auch französisch, auch da kann man sich nicht täuschen, man sagt immer *vous*, ich spreche auch sehr gut französisch. Nein, antwortete ich, entschuldigen Sie, ich würde lieber portugiesisch sprechen, dies ist ein portugiesisches Abenteuer, ich möchte nicht aus meinem Abenteuer heraustreten.

Der hinkende Losverkäufer streckte die Beine aus und lehnte sich zurück. Und jetzt entschuldigen Sie mich, sagte er, ich möchte ein wenig lesen, jeden Tag widme ich einen Teil meiner Zeit der Lektüre. Er holte ein Buch aus der Tasche und begann zu lesen. Es war die Zeitschrift *Esprit*, und er sagte: Ich lese den Aufsatz eines französischen Philosophen über die Seele, ist es nicht merkwürdig, daß man wieder einmal etwas über die Seele liest, seit einiger Zeit, zumindest seit den vierziger Jahren, wurde nicht mehr von ihr gesprochen, jetzt scheint sie wieder einmal in Mode zu kommen, sie wird wiederentdeckt, ich bin nicht katholisch, aber ich glaube an die Seele als an etwas Lebendiges und Kollektives, vielleicht im Sinne Spinozas, glaubt der Herr an die Seele? Sie ist eines der wenigen Dinge, an die ich glaube, sagte ich, zumindest jetzt, hier, in diesem Park, in dem wir uns gerade unterhalten, meine Seele hat mir das alles eingebrockt, ich meine, ich weiß nicht, ob es die Seele war, vielleicht war es das Unbewußte, denn mein Unbewußtes hat mich hierhergeführt. Halt, sagte der hinkende Losverkäufer, das Unbewußte, was meinen Sie damit? Das Unbewußte ist eine Angelegenheit des Wiener Bürgertums um die Jahrhundertwende, wir sind hier in Portugal, und der Herr ist Italiener, wir sind Südländer, wir sind Teil der griechisch-römischen Kultur, mit Mitteleuropa haben wir nichts zu tun, entschuldigen Sie, *wir* haben eine Seele. Genau, sagte ich, eine Seele habe ich ganz gewiß, aber auch ein Unbewußtes, ich meine, *inzwischen* habe ich ein Unbewußtes, das Unbewußte holt man sich wie eine Krankheit, ich habe mir den Virus des Unbewußten geholt, so was passiert.

Der hinkende Losverkäufer sah mich mit trauriger Miene an. Hören Sie, sagte er dann, möchten Sie tauschen? Ich gebe Ihnen *Esprit*, Sie leihen mir *A Bola*. Aber interessierten Sie sich nicht für die Seele? gab ich zu bedenken. Früher einmal, sagte er resigniert, mit dieser Nummer läuft mein Abonnement aus, aber jetzt schlüpfe ich wieder in meine Rolle, ich bin dabei, mich in einen hinkenden Losverkäufer zu verwandeln, ich interessiere mich mehr für das Tor von Benfica. Sehr gut, sagte ich, ich würde gern ein Los kaufen, haben Sie ein Los, das mit einer Neun endet? Wissen Sie, neun ist mein Monat, ich bin im September geboren, ich würde gern ein Los mit der Zahl meines Monats kaufen. Natürlich habe ich eines, mein Herr, sagte der hinkende Losverkäufer, wann sind Sie geboren, auch ich bin im September geboren. Ich bin am Tag des Herbstäquinoktiums geboren, antwortete ich, wenn der Mond verrückt spielt und der Ozean anschwillt. Das ist eine Glücksstunde, sagte der hinkende Losverkäufer, Sie werden noch viel Glück haben. Genau das brauche ich, antwortete ich, als ich das Los bezahlte, aber nicht für die Ziehung, sondern für den heutigen Tag, heute ist ein sehr merkwürdiger Tag für mich, ich träume, aber ich glaube, wach zu sein, und ich muß Menschen treffen, die es nur in meiner Erinnerung gibt. Heute ist der letzte Sonntag im Juli, sagte der hinkende Losverkäufer, die Stadt ist menschenleer, es hat mindestens vierzig Grad im Schatten, wahrscheinlich ist das ein idealer Tag, um Menschen zu treffen, die es nur in der Erinnerung gibt, Ihre Seele, *pardon*, Ihr Unbewußtes, wird eine Menge zu tun haben an einem Tag wie diesem, ich wünsche Ihnen einen schönen Tag und viel Glück.

2.

Tut mir leid, sagte der Taxifahrer, aber ich kenne keine Rua das Pedras Negras, kann mir der Herr nicht etwas Genaueres sagen? Er lächelte, wobei er einen Mund voll weißer Zähne zur Schau stellte, und fuhr fort: Sie müssen entschuldigen, ich bin aus São Tomé, ich arbeite seit einem Monat in Lissabon, ich kenne die Straßen nicht, in meinem Dorf war ich Ingenieur, aber dort gab es nicht viel zu tun als Ingenieur, deshalb bin ich hier und arbeite als Taxifahrer und kenne die Straßen nicht, die Stadt kenne ich zwar gut, das schon, ich verirre mich nie, bloß die Namen der Straßen kenne ich nicht. Ach, sagte ich, das ist eine Straße, die ich vor fünfundzwanzig und mehr Jahren oft besuchte, auch ich erinnere mich nicht mehr, wie man hinkommt, bleiben Sie auf jeden Fall auf der Seite des Kastells. Dann fahren wir erst einmal dorthin, sagte der Taxifahrer lächelnd und fuhr mit Vollgas los.

Erst jetzt bemerkte ich, daß ich schweißgebadet war. Mein Hemd war klatschnaß und klebte an den Schultern und an der Brust. Ich zog die Jacke aus, aber auch so schwitzte ich noch immer. Hören Sie, sagte ich, vielleicht können Sie mir helfen, mein Hemd ist völlig naß, ich müßte ein neues Hemd kaufen, können Sie mir einen Rat geben? Der Taxifahrer bremste und sah mich an. Ist Ihnen schlecht? fragte er mich mit besorgter Miene. Nein, antwortete ich, ich weiß nicht, ich glaube nicht, wahrscheinlich ist es die Hitze, die Hitze und ein Anfall von Beklemmung, hin und wieder schwitzt man aus Angst, ich sollte ein frisches Hemd anziehen. Der Mann zündete sich eine Zigarette an und dachte nach. Heute ist Sonntag, sagte er, die Läden sind geschlossen. Ich versuchte, das Fenster auf meiner Seite zu öffnen, aber die Kurbel war kaputt, was meine Beklemmung noch verstärkte, ich spürte, wie mir der Schweiß über die Stirn lief und ein paar Tropfen auf die Knie fielen. Der Taxifahrer sah mich betrübt an. Hören Sie, sagte er dann, ich habe eine großartige Idee, ich gebe Ihnen mein Hemd, möchten Sie nicht mein Hemd anziehen? Kommt gar nicht in Frage, sagte ich, Sie können ja nicht mit nacktem Oberkörper fahren. Ich habe ein Unterhemd an, antwortete er, im Unterhemd kann ich fahren. Aber irgendwo in Lissabon wird man doch ein Hemd kaufen können, vielleicht in einem Kaufhaus oder auf einem Markt, meinen Sie nicht? Carcavelos, rief der Taxifahrer strahlend aus, am Sonntag gibt es doch einen Markt in Carcavelos, ich wohne dort, meine Frau kauft jeden Sonntag auf dem Markt von Carcavelos ein, oder ist es Donnerstag? Keine Ahnung, sagte ich, aber das halte ich für keine gute Idee, in Carcavelos ist ein Strand, heute ist Sonntag, dort wimmelt es ja vor Leuten, womöglich ist es ganz schrecklich, fällt Ihnen hier in Lissabon nichts ein? Der Mann schlug sich mit der Hand auf die Stirn. Die Zigeuner, rief er aus, ich habe die Zigeuner vergessen! Er lächelte wieder sein breites Lächeln, wobei er seine weißen Zähne bleckte, und sagte: Hören Sie, mein Freund, nur ruhig, Sie bekommen Ihr Hemd, ich habe vergessen, daß am Sonntag die Zigeuner am Eingang zum Friedhof von dos Prazeres ihr Zeug verkaufen, sie verkaufen so gut wie alles, Schuhe, Kleider, Hemden und Unterhemden, fahren wir zu den Zigeunern, ich habe bloß das Problem, daß ich nicht weiß, wie ich dorthin komme, ich meine, ich weiß ungefähr, wo der Friedhof von dos Prazeres liegt, aber ich weiß nicht, welche Straße hinführt, können Sie mir helfen, mein Freund? Also, sagte ich, auch ich bin ein wenig durcheinander, denken wir einmal nach, wo sind wir eigentlich? Wir sind am Cais do Sodré, sagte der Taxifahrer, auf der Avenida, beinahe gegenüber dem Bahnhof. Gut, sagte ich, ich glaube, ich weiß, wie man hinkommt, aber zuerst einmal fahren wir über die Rua do Alecrim, ich möchte einen Sprung in die Brasileira machen und etwas zu trinken kaufen. Der

Taxifahrer fuhr um den Platz herum und bog in die Rua do Alecrim ein, machte das Radio an und warf mir von der Seite einen Blick zu. Ist Ihnen wirklich nicht schlecht? fragte er. Ich beruhigte ihn und lehnte mich im Sitz zurück. Inzwischen war ich wirklich klatschnaß vor Schweiß. Ich öffnete die obersten Knöpfe meines Hemdes und krempelte die Ärmel auf. Ich bleibe hier stehen und warte mit laufendem Motor auf Sie, sagte der Mann, als er an der Ecke zum Largo Camões an den Randstein heranfuhr, aber beeilen Sie sich bitte, denn wenn ein Polizist auftaucht, muß ich wegfahren. Ich stieg aus dem Taxi, der Chiado war menschenleer, eine schwarzgekleidete Frau mit einer Plastiktüte saß unter der Statue von Antonio Ribeiro Chiado, ich betrat die Brasileira, und der Kellner an der Theke sah mich an, als wollte er sich über mich lustig machen. Ist der Herr in den Tejo gefallen? fragte er mich. Viel schlimmer, antwortete ich, der Fluß ist in mir, haben Sie französischen Champagner? Laurent-Perrier und Veuve Cliquot, antwortete er, beide zum selben Preis und schön kühl. Welchen empfehlen Sie mir, fragte ich. Nun, sagte er mit der Miene des Kenners, für Veuve Cliquot wird jede Menge Werbung gemacht, wenn man die Zeitschriften liest, könnte man glauben, es sei der beste Champagner der Welt, aber für meinen Geschmack ist er ein klein wenig zu sauer, und außerdem mag ich keine Witwen, hab' sie nie gemocht, an Ihrer Stelle würde ich den Laurent-Perrier kaufen, abgesehen davon, daß er dasselbe kostet, wie ich Ihnen schon sagte. Ist gut, sagte ich, ich nehme den Laurent-Perrier. Der Kellner öffnete den Kühlschrank, wickelte die Flasche in ein Blatt Papier und steckte sie in eine Plastiktüte, auf der in roten Buchstaben stand: »Brasileira do Chiado, das älteste Kaffeehaus Lissabons«. Ich bezahlte und trat in die Sonne hinaus, wo ich unglaublich zu schwitzen begann, und stieg wieder ins Taxi. Gut, gut, sagte der Taxifahrer, jetzt müssen Sie mir den Weg zeigen. Ganz leicht, sagte ich, fahren Sie über den Largo Camões, beim Juwelier Silva biegen Sie dann in die Straße ein, die bergab führt, das ist die Calçada do Combro, dann nehmen Sie die Calçada da Estrela, wenn Sie den Largo da Estrala erreicht haben, biegen Sie in die Domingos Sequeira ein und fahren bis zum Campo de Ourique, dort suchen Sie zu Ihrer Linken die Saraiva de Carvalho, die direkt zum Platz vor dem Friedhof von dos Prazeres führt. Mein Freund, sagte der Taxifahrer, während er mit Vollgas losfuhr, tun Sie mir den Gefallen und sagen Sie mir die Straßen der Reihe nach an, entschuldigen Sie, haben Sie Nachsicht. Bitte, sagte ich, lassen Sie mich ein paar Minuten lang die Augen schließen, ich bin erschöpft, glauben Sie mir, es ist ganz einfach zu merken: Calçada do Combro, Calçada da Estrela, Largo da Estrela, Domingos Sequeira, Campo de Ourique, ich sage Ihnen, wenn wir auf dem Campo de Ourique sind.

Endlich war es mir gelungen, das Fenster zu öffnen, aber die hereinströmende Luft war glühend heiß. Ich schloß die Augen und dachte an etwas anderes, an meine Kindheit, ich erinnerte mich daran, wie ich im Sommer mit dem Fahrrad frisches Wasser beim »Karolinenbrunnen« geholt hatte, mit einer Flasche im Strohkörbchen. Ein scharfes Bremsmanöver zwang mich, die Augen zu öffnen. Der Mann war aus dem Taxi gestiegen und blickte sich mit verzweifelter Miene um. Ich habe mich verirrt, sagte er, schauen Sie, ich habe mich verirrt, am Campo de Ourique bin ich nach links in die Straße eingebogen, die Sie mir angegeben haben, aber ich glaube nicht, daß es die Saraiva de Carvalho ist, ich bin in eine andere Straße eingebogen, gegen die Einbahn, schauen Sie, die Autos sind alle in Gegenrichtung geparkt, ich bin gegen die Einbahn gefahren. Macht nichts, erwiderte ich, wichtig ist, daß Sie nach links abgebogen sind, jetzt fahren wir gegen die Einbahn und gelangen auf den Largo dos Prazeres. Der Taxifahrer legte sich eine Hand aufs Herz und sagte mit ernsthafter Miene: Das kann ich nicht, der Herr wird mir verzeihen, aber das kann ich wirklich nicht, meine Taxilizenz ist noch nicht in Ordnung, wenn ein Polizist auftaucht, bekomme ich eine unverhältnismäßig hohe Strafe, und wissen Sie, was dann mit mir passiert? Ich muß nach São Tomé zurückgehen, genau das wird passieren, entschuldigen Sie, mein Herr, aber das kann ich wirklich nicht. Schauen Sie, sagte ich, die Stadt ist menschenleer, Sie brauchen sich gar keine Sorgen zu machen, wenn ein Polizist auftaucht, spreche ich mit ihm, ich bezahle die Strafe, ich nehme die ganze Verantwortung auf mich, das verspreche ich Ihnen, bitte, sehen Sie nicht, wie ich schwitze? Ich brauche ein Hemd, vielleicht sogar zwei, bitte, Sie wollen doch nicht, daß mir schlecht wird hier auf dieser unbekannten Straße am Campo de Ourique, oder?

Ich wollte ihm keineswegs drohen, ich meinte es ernst, aber er hielt meine Worte offensichtlich für eine Drohung, denn er beeilte sich, wieder ins Taxi zu steigen, und ließ den Motor an, ohne Einspruch zu erheben. Wie der Herr wünscht, sagte er in resigniertem Tonfall, ich will nicht, daß Ihnen in meinem Taxi schlecht wird, meine Lizenz ist nicht in Ordnung, verstehen Sie, das wäre mein Ruin. Wir fuhren die ganze Straße gegen die Einbahn hinunter, vielleicht war es wirklich die Saraiva de Carvalho, ich weiß es nicht, und gelangten auf den Largo dos Prazeres. Die Zigeuner waren direkt am Eingang des Friedhofs, sie hatten einen kleinen Markt aufgebaut, mit Holzständen und am Boden liegenden Tüchern. Ich stieg aus dem Taxi aus und sagte zu dem Mann, er solle auf mich warten. Der Largo war menschenleer, und die Zigeuner schliefen am Boden. Ich näherte mich dem Stand einer alten, schwarzgekleideten Zigneuerin, die ein gelbes Tuch auf dem Kopf trug. Auf

ihrem Stand lag ein Haufen Lacoste-Hemden, die, abgesehen davon, daß sich das Krokodil nicht an der richtigen
Stelle befand, tadellos waren. Zigeunerin, rief ich, ich
möchte etwas kaufen. Was ist mit dir los, mein Sohn? fragte
die alte Zigeunerin beim Anblick meines Hemdes, hast du
die Malaria oder was? Ich weiß nicht, was ich habe, Zigeunerin, antwortete ich, ich weiß nur, daß ich geschwitzt habe
wie ein Pferd, ich brauche ein sauberes Hemd, vielleicht sogar zwei. Ich sage dir gleich, was mit dir los ist, sagte die alte
Zigeunerin, ich sage es dir gleich, aber zuerst kauf die Hemden, mein Sohn, so kannst du nicht bleiben, wenn dir der
Schweiß auf der Haut trocknet, wirst du krank. Wozu rätst
du mir? fragte ich, zu einem Oberhemd oder zu einem
T-Shirt? Die alte Zigeunerin schien einen Augenblick lang
zu überlegen. Ich empfehle dir ein Lacoste-Hemd, sagte sie
dann, die sind schön kühl, ein falsches Lacoste-Hemd kostet fünfhundert Escudos, ein echtes fünfhundertzwanzig.
Donnerwetter, sagte ich, ein Lacoste-Hemd um fünfhundertzwanzig, das kommt mir wirklich billig vor, aber worin
besteht der Unterschied zwischen einem falschen und
einem echten? Es wäre dumm, sich ein echtes Lacoste-
Hemd zu kaufen, sagte die alte Zigeunerin, kauf dir zuerst
ein falsches, das kostet fünfhundert, dann kauf dir das Krokodil, das kostet zwanzig und klebt von selbst, kleb das
Krokodil dahin, wo es hingehört, und du hast ein echtes
Hemd. Sie zeigte mir ein Säckchen voller Krokodile. Außerdem, sagte sie, gebe ich dir um zwanzig Escudos vier
Krokodile, mein Sohn, dann hast du drei in Reserve, denn
die selbstklebenden sind oft nichts wert, sie gehen ab. Das
scheint mir ein sehr vernünftiger Vorschlag zu sein, sagte
ich, ich möchte zwei echte Lacoste-Hemden kaufen, welche Farbe empfiehlst du mir? Mir gefallen sie in rot und
schwarz, das sind die Farben der Zigeuner, sagte sie, aber
schwarz ist bei dieser Sonne nicht ideal, denn du bist offen-

sichtlich sehr empfindlich, und rot ist zu auffällig, du bist
nicht mehr in dem Alter, in dem man rot tragen kann. Aber
alt bin ich nun auch wieder nicht, protestierte ich, eine leb-
hafte Farbe kann ich durchaus tragen. Ich empfehle dir himmelblau, sagte die alte Zigeunerin, himmelblau scheint mir
die ideale Farbe für dich zu sein, und jetzt, mein Sohn, sage
ich dir, was mit dir los ist und warum du so erbärmlich
schwitzt, hör mir zu, für zweihundert Escudos sage ich dir
alles, was du gerade machst und was dir an diesem heißen
Sonntag bevorsteht, willst du dein Schicksal erfahren? Die
alte Zigeunerin packte meine linke Hand und begutachtete
mit großer Aufmerksamkeit die offene Handfläche. Es ist
ein wenig kompliziert, mein Sohn, sagte die alte Zigeunerin, setzen wir uns lieber hier auf die Bank. Ich setzte mich,
aber sie ließ meine Hand nicht los. Mein Sohn, sagte die
Alte, hör zu, so geht es nicht weiter, du kannst nicht auf beiden Seiten leben, auf der Seite der Wirklichkeit und auf der
Seite des Traums, da bekommst du Halluzinationen, du bist
wie ein Schlafwandler, der mit ausgebreiteten Armen durch
eine Landschaft wandert, und alles, was du berührst, wird
zu einem Teil deines Traums, auch ich, die ich alt und fett
bin und achtzig Kilo wiege; wenn ich deine Hand berühre,
spüre ich, wie ich mich in Luft auflöse, als würde auch ich
zu einem Teil deines Traums werden. Und was soll ich tun,
fragte ich, sag es mir, alte Zigeunerin. Im Augenblick
kannst du gar nichts tun, antwortete sie, dieser Tag wartet
auf dich, und du kannst ihm nicht entkommen, deinem
Schicksal kannst du nicht entkommen, es wird ein Tag der
Pein, aber auch der Läuterung, vielleicht findest du danach
Frieden, mein Sohn, das wünsche ich dir zumindest. Die
alte Zigeunerin zündete sich eine Zigarre an und sog den
Rauch ein. Aber gib mir deine rechte Hand, sagte sie, damit
ich dir nichts vorenthalte. Sie begutachtete sie aufmerksam
und streichelte meine Handfläche mit ihren rauhen Fin-

gern. Ich sehe, daß du jemanden besuchen mußt, sagte sie, aber das Haus, das du suchst, gibt es nur in deiner Erinnerung oder in deinem Traum, du kannst dem Taxifahrer, der auf dich wartet, sagen, er soll dich hier absetzen, auch die Person, die du suchst, ist ganz in der Nähe, hinter diesem Portal. Sie zeigte in Richtung des Friedhofs und sagte: Los, mein Sohn, geh zu dem, der auf dich wartet. Ich dankte ihr und ging zum Taxifahrer zurück. Ich bin am Ziel, ich bleibe hier, sagte ich und zog die Brieftasche heraus, um zu zahlen, vielen Dank, Sie waren wirklich sehr freundlich. Die Hemden sind wirklich hübsch, sagte er, wobei er die Lacoste-Hemden betrachtete, die ich gefaltet unter dem Arm trug, Sie haben einen guten Kauf gemacht, mein Freund. Ich nahm meine Jacke und die Champagnerflasche. Der Taxifahrer drückte mir energisch die Hand und gab mir eine Visitenkarte. Das ist meine Telefonnummer, sagte er, wenn Sie ein Taxi wollen, das Sie vor Ihrer Haustür abholt, brauchen Sie nur anzurufen, meine Frau nimmt die Nachricht entgegen, wenn Sie möchten, können Sie mich auch für den nächsten Tag bestellen. Das Auto fuhr davon, aber nach ein paar Metern hielt es an und kam im Rückwärtsgang zurück. Ihnen ist nicht mehr schlecht, nicht wahr? fragte mich der Mann vom Fenster aus. Nein, sagte ich, jetzt geht es mir besser, danke. Der Taxifahrer lächelte, und das Auto verschwand um die Ecke.

Ich ging durch das Portal und betrat den Friedhof. Niemand war da, nur eine Katze, die zwischen den vordersten Grabsteinen herumstreunte. Zu meiner Rechten, direkt neben dem Eingang, in der Nähe des Portals, stand ein kleines Haus, dessen Tür offen war. Gestatten, sagte ich, darf ich eintreten? Ich schloß die Augen, um sie an die Finsternis zu gewöhnen, denn das Zimmer lag im Halbdunkel. Schließlich konnte ich übereinandergestapelte Särge ausmachen, eine Vase mit verwelkten Blumen, einen Tisch, an dem ein Grabstein lehnte. Nur weiter, sagte ein Stimme, und ich sah, daß ganz hinten im Zimmer, neben einem riesigen Schrank, ein winziges Männchen saß. Er trug eine Brille, eine graue Schürze, und auf dem Kopf hatte er eine schwarze Mütze mit einem Plastikschirm wie ein Zugschaffner. Sie wünschen? fragte er mich, der Friedhof ist geschlossen, wir machen erst später wieder auf, jetzt ist Mittagspause, ich bin der Wächter. Erst jetzt bemerkte ich, daß er dabei war, aus einem Aluminiumnapf zu essen, und mit dem Löffel in der Luft innehielt. Entschuldigen Sie, sagte ich, ich möchte Sie nicht stören, seien Sie mir nicht böse. Möchten Sie kosten? fragte mich der Friedhofswächter und aß weiter. Danke, guten Appetit, sagte ich, aber wenn Sie erlauben, bleibe ich hier und warte, bis Sie fertig sind, ansonsten kann ich auch draußen warten. *Feijoada*, stellte der Friedhofswächter fest, als ob er mich nicht gehört hätte, jeden Tag *feijoada*, meine Frau kann nur *feijoada* zubereiten. Und dann fuhr er fort: Kommt gar nicht in Frage, Sie bleiben hier im Schatten, Sie werden doch nicht draußen in dieser unerträglichen Hitze warten, setzen Sie sich, suchen Sie sich einen Platz und setzen Sie sich. Nun, sagte ich, da Sie so freundlich sind, möchte ich Sie um einen Gefallen bitten, gestatten Sie, daß ich mein Hemd wechsle, ich bin klatschnaß vor Schweiß, und ich habe bei den Zigeunern zwei Hemden gekauft. Ich stellte die Champagnerflasche auf einen Sarg, zog mein Hemd aus und schlüpfte in ein echtes Lacoste-Hemd. Ich fühlte mich besser, ich hatte aufgehört zu schwitzen, und im Zimmer war es wirklich schön kühl. Als ich hierherkam, war ich noch ein Junge, sagte der Friedhofswächter, das war vor fünfzig Jahren, ich habe mein Leben damit verbracht, die Toten zu bewachen. Ach ja, sagte ich. Zwischen uns senkte sich Schweigen. Der Mann aß ruhig seine *feijoada*, hin und wieder nahm er seine Brille ab, um sie gleich darauf wieder aufzusetzen. Ohne Brille sehe ich nichts, genausowenig wie mit Brille, sagte er, ich habe immer einen Schleier vor den Augen, der Arzt sagt, es sei ein Katarrh. Ein Katarakt, sagte ich, es heißt Katarakt. Katarakt oder Katarrh, das ist egal, sagte der Friedhofswächter, eine Sauerei ist es auf alle Fälle. Er nahm die Mütze ab und kratzte sich am Kopf. Was für eine Idee, zu dieser Uhrzeit und bei dieser Hitze auf den Friedhof zu kommen, sagte der Friedhofswächter, wem fällt so was ein. Ein Freund von mir ist hier, antwortete ich, das hat mir die Zigeunerin gesagt, die alte Zigeunerin, die da draußen Hemden verkauft, sie hat mir gesagt, ich solle ihn hier suchen, es ist ein alter Freund, wir waren lange zusammen, wie Brüder, ich würde ihn gern besuchen, ich würde ihm gern eine Frage stellen. Und Sie glauben, daß er sie beantworten wird? sagte der Friedhofswächter, schauen Sie, die Toten sind sehr schweigsam, gestatten Sie, daß ich Ihnen das sage, ich kenne sie gut. Ich will es versuchen, sagte ich, ich möchte etwas verstehen, was ich bisher nicht verstanden habe, er ist gestorben, ohne mir etwas zu erklären. Frauen? fragte der Friedhofswächter. Ich gab keine Antwort, und er fuhr fort: Bei solchen Geschichten ist immer eine Frau im Spiel. Ich weiß nicht, sagte ich, vielleicht war auch ein wenig Boshaftigkeit im Spiel, ich würde gern verstehen, ob Boshaftigkeit im Spiel war, ich weiß nicht. Wie hieß er? fragte der Friedhofswächter. Er hieß Tadeus, antwortete ich. Tadeus Waclaw. Was für ein Name! sagte der Friedhofswächter. Seine Eltern waren Polen, antwortete ich, aber er war kein Pole, er war ein richtiger Portugiese, er hatte sogar ein portugiesisches Pseudonym angenommen. Und womit verdiente er seinen Unterhalt? fragte der Friedhofswächter. Nun, sagte ich, er arbeitete, aber vor allem war er Schriftsteller, er hat schöne Sachen auf Portugiesisch geschrieben, »schön« ist nicht der richtige Ausdruck, es waren bittere Sachen, er war ein Mensch voller Mitgefühl und Bitterkeit. Der Friedhofswächter stellte den Napf beiseite und stand auf, ging zu dem riesigen Schrank und nahm ein großes Buch heraus, das aussah wie das Klassenbuch der Lehrer im Gymnasium. Wie lautet sein Nachname? fragte er. Slowacki, sagte ich, Tadeus Waclaw Slowacki. Ist er unter seinem richtigen Namen begraben worden oder unter seinem Pseudonym? fragte der Friedhofswächter berechtigterweise. Ich weiß nicht, antwortete ich verdutzt, aber ich glaube, er ist unter seinem richtigen Namen begraben, das halte ich für logischer. Silva, Silva, Silva, Silva ... Slowacki, sagte der Friedhofswächter schließlich, da liegt er, Slowacki Tadeus Waclaw, erster Gang rechts, Nummer 4664. Der Friedhofswächter nahm sich die Brille ab und lächelte. Das ist eine Zahl, die man von links nach rechts und von rechts nach links lesen kann, sagte er, hatte Ihr Freund Sinn für solche Späße? Und ob, antwortete ich, er hat sein Leben damit verbracht zu spaßen, auch mit sich selbst. Ich möchte mir diese Zahl notieren, sagte der Friedhofswächter, ich mag solche Zahlen, ich spiele sie beim Lotto, hin und wieder bringen seltsame Begegnungen wie die unsere Glück.

Ich dankte dem Mann und ging. Ich nahm meine Champagnerflasche und trat in die Hitze hinaus. Ich suchte den ersten Gang rechts und begann ihn zögernd entlangzugehen. Inzwischen hatte mich wieder eine große Angst ergriffen, und ich spürte, wie mein Puls schneller wurde. Es war ein bescheidenes Grab, nicht mehr als ein Stein auf dem Boden. Er lag hier unter seinem polnischen Namen, und über dem Namen war ein Foto, das ich kannte. Er war darauf zur Gänze zu sehen, er trug ein Hemd mit aufgekrempelten Ärmeln, lehnte an einem Boot, und im Hintergrund sah man das Meer. Ich hatte dieses Foto neunzehnhundertfünfundsechzig aufgenommen, es war im

September, wir waren damals am Strand von Caparica, wir waren glücklich, er war eine Woche zuvor aus dem Gefängnis entlassen worden, aufgrund des Drucks, den die öffentliche Meinung im Ausland gemacht hatte, in einer französischen Zeitung stand: »Das Salazar-Regime mußte die Schriftsteller freilassen«, und da stand er, ans Boot gelehnt, mit der Zeitung in der Hand, ich trat näher, um zu sehen, ob ich die Schlagzeile der Zeitung lesen konnte, aber auf dem Foto war das nicht möglich, es war unscharf, andere Zeiten, dachte ich, die Zeit hat alles verschlungen, und dann sagte ich: Hallo, Tadeus, da bin ich, ich bin gekommen, dich zu besuchen. Und etwas lauter wiederholte ich: Hallo, Tadeus, da bin ich, ich bin gekommen, dich zu besuchen.

3.

Dann komm näher her, sagte die Stimme Tadeus', die Wohnung kennst du ja bereits. Ich schloß die Tür hinter mir und ging über den Korridor. Der Korridor lag im Dunklen, und ich stolperte über einen Haufen von Dingen, die über den Boden kullerten. Ich blieb stehen, um aufzuheben, was ich auf den Boden geworfen hatte: Bücher, ein Holzspielzeug, wie man es auf Jahrmärkten kaufen kann, einen Keramikhahn aus Barcelos, eine kleine Heiligenstatue, einen Mönch aus Caldas mit einem riesigen Geschlecht, das unter der Kutte hervorlugte. Im Stolpern bist du gut, hörte ich die Stimme Tadeus' aus dem anderen Zimmer. Und du darin, Mist zu sammeln, erwiderte ich, du hast kein Geld und kaufst Mönche, denen der Schwanz aus der Kutte schaut, wann wirst du endlich vernünftig, Tadeus? Ich hörte ein gewaltiges Lachen, dann tauchte Tadeus in der Türöffnung auf, im Gegenlicht. Komm näher, Angsthase, sagte er, das ist meine alte Wohnung, du hast hier gegessen, du hast hier geschlafen, du hast hier gefickt, und jetzt tust du so, als würdest du sie nicht wiedererkennen? Ganz und gar nicht, protestierte ich, ich bin gekommen, um gewisse Dinge zu klären, du bist gestorben, ohne mir etwas zu sagen, seit Jahren zerbreche ich mir den Kopf darüber, jetzt ist der Augenblick gekommen, es zu erfahren, ich bin jetzt frei, ich lebe in äußerster Freiheit, wirklich, ich habe sogar mein Über-Ich verloren, das Verfallsdatum ist abgelaufen, wie bei der Milch, es stimmt, ich bin frei und befreit, deshalb bin ich hier. Hast du schon zu Mittag gegessen? fragte Tadeus. Nein, sagte ich, ich habe heute morgen einen Kaffee getrunken, in dem Landhaus, wo ich mich aufhielt, seitdem habe ich nichts mehr zu mir genommen. Dann gehen wir essen, sagte Tadeus, gehen wir hinunter zu Casimiro, hör mal, du hast ja keine Ahnung, was dich erwartet, gestern habe ich mir *sarrabulho à moda do Douro* bestellt, das ist sagenhaft, Casimiros Frau stammt aus Douro, sie bereitet ein absolut göttliches *sarrabulho* zu, dafür würde man sogar sein Leben geben, ich weiß nicht, ob du mich verstehst. Ich weiß nicht einmal, was *sarrabulho* ist, sagte ich, es wird etwas Ungesundes sein wie alles, was dir schmeckt, ganz bestimmt mit Schweinefleisch zubereitet, du liebst ja Schweinefleisch, sogar bei dieser Hitze ißt du Schweinefleisch, aber bevor wir ins Restaurant gehen, muß ich mit dir sprechen, hier drin ist eine Flasche Champagner, inzwischen wird er warm sein, aber wir können Eiswürfel in die Gläser geben, da, es ist ein Laurent-Perrier, ich habe ihn in der Brasileira do Chiado gekauft. Tadeus nahm die Flasche und ging die Gläser holen. Unterhalten wir uns im Restaurant, wenn es dir nichts ausmacht, sagte er aus der Küche, sei so gut, über die Dinge, über die du sprechen willst, unterhält man sich besser im Restaurant, hier, beim Champagner, sprechen wir lieber über Literatur. Er kam mit den Gläsern und dem Eis zurück. Setzen wir uns, wir werden doch nicht im Stehen trinken. Er streckte sich auf dem Sofa aus und bedeutete mir, ich solle mich in den Sessel neben ihm setzen. Wie in alten Zeiten, sagte er, aber hör auf, mir auf die Nerven zu gehen mit deinen Geschichten über meine Eßgewohnheiten und über Schweinefleisch, in ein paar Jahren sterbe ich an Herzinfarkt, und du machst mir noch immer Vorwürfe, laß das doch sein, stell dich nicht so an. Schon gut, sagte ich, ich will mich nicht so anstellen, aber ich glaube, du schuldest mir eine Erklärung. Gleich, sagte Tadeus, bei einem Teller *sarrabulho*, hast du jetzt keine Lust, über Literatur zu sprechen, das hielte ich für geschmackvoller. Einverstanden, antwortete ich, sprechen wir über Literatur, was schreibst du gerade? Ein kleines Versepos, sagte er, die Liebesgeschichte eines Bischofs und einer Nonne, sie spielt im Portugal des siebzehnten Jahrhunderts, es ist eine düstere, vielleicht sogar finstere Geschichte, eine Metapher der

Gemeinheit, was hältst du davon? Ich weiß nicht, sagte ich, wird in deiner Geschichte *sarrabulho* gegessen? Auf den ersten Blick scheint es eine Geschichte zu sein, in der *sarrabulho* vorkommen muß. Wie dem auch sei, auf dein Wohl, sagte Tadeus und hob das Glas, du hast eine Seele, mein kleiner Angsthase, ich habe nur einen Körper und den nicht mehr lang. Inzwischen habe ich keine Seele mehr, antwortete ich, jetzt habe ich ein Unbewußtes, ich habe mir den Virus des Unbewußten geholt, und deshalb bin ich hier in deiner Wohnung, deshalb war ich imstande, dich zu besuchen. Dann auf das Wohl des Unbewußten, sagte Tadeus und füllte aufs neue die Gläser, nur noch ein Schlückchen, und dann gehen wir zu Casimiro. Wir tranken schweigend. Aus der Kaserne auf der anderen Straßenseite hörte man einen Trompetenstoß. Irgendwo schlug eine Uhr. Wir müssen gehen, sagte Tadeus, sonst schließt Casimiro. Ich stand auf und ging mit zittrigen Beinen über den Korridor, daran war der Champagner schuld. Wir gingen hinaus und bergabwärts die Straße hinunter. Der kleine Platz war voller Tauben. Ein Soldat lag auf einer Bank neben dem Brunnen. Wir gingen Arm in Arm, im Gleichschritt. Tadeus wirkte jetzt ernsthafter, weniger zu Späßen aufgelegt, als bereite ihm etwas Sorgen. Was ist los, Tadeus? fragte ich ihn. Ich weiß nicht, sagte er, vielleicht ist es ein Anfall von Melancholie, ich sehne mich nach der Zeit zurück, in der wir einfach so durch die Stadt spazierten, erinnerst du dich, damals war alles anders, alles hatte mehr Strahlkraft, als ob es sauberer gewesen wäre. Das war unsere Jugend, sagte ich, es waren unsere Augen. Trotzdem bin ich froh darüber, daß du mich besucht hast, sagte er, das ist das schönste Geschenk, das du mir hast machen können, wir hätten nicht so auseinandergehen dürfen, wie wir auseinandergegangen sind, wir hätten uns ernsthaft über diese absurde Geschichte unterhalten sollen, in die wir hineingeraten sind, du hast recht. Ich blieb stehen und zwang Tadeus, ebenfalls stehenzubleiben. Hör zu, Tadeus, sagte ich, das Geheimnisvollste, das, was mich am meisten beschäftigt, ist das Kärtchen, das du mir am Tag deines Todes geben wirst, weißt du noch? Du liegst schon fast in Agonie, auf deinem Totenbett, im Santa-Maria-Krankenhaus, neben dem Bett steht diese monströse Maschine, an die du angeschlossen bist, in deiner Nase steckt eine Sonde und in deinem rechten Arm eine Infusionsnadel, du machst mir ein Zeichen, ich solle näher kommen, mit der Linken bedeutest du mir, daß du etwas schreiben willst, ich suche ein Stück Papier und einen Kugelschreiber und gebe sie dir, deine Augen sind erloschen und der Tod steht dir ins Gesicht geschrieben, du mußt dich schrecklich anstrengen, um zu schreiben, du schreibst mit der Linken und gibst mir das Kärtchen, und es ist wirklich ein seltsamer Satz, Tadeus, was willst du mir damit sagen? Ich weiß nicht, sagte er, ich erinnere mich nicht, ich lag in Agonie, du wirst doch nicht von mir verlangen, daß ich mich erinnere? Und außerdem, fuhr er fort, weiß ich nicht, was für ein Satz es war, warum sagst du mir nicht den Satz? Nun, sagte ich, der Satz lautete folgendermaßen: *Es war ganz allein die Schuld des Herpes zoster*, hör zu, Tadeus, hältst du das für einen Abschiedssatz, für einen Satz, den man im Augenblick des Todes einem Freund hinterläßt? Hör mir zu, Angsthase, sagte er, es gibt zwei Möglichkeiten: entweder ich bin völlig außer mir und schreibe unsinnige Sachen, oder ich habe dir ganz einfach einen Streich gespielt, du weißt ja, ich habe mein Leben damit zugebracht, dir und allen anderen Streiche zu spielen, vielleicht war das mein letzter Streich, und danach tritt Tadeus ab, mit einer Pirouette, olé. Ich weiß nicht, warum, Tadeus, sagte ich, aber diesen Satz habe ich immer mit Isabel in Verbindung gebracht, deshalb bin ich hier, um über sie zu sprechen. Über sie sprechen wir später, sagte er und ging weiter.

Wir waren vor dem Restaurant angekommen. Herr Casimiro lehnte am Türpfosten, mit einer weißen Schürze über dem riesigen Bauch. Guten Tag, Herr Casimiro, begrüßte ihn Tadeus herzlich, ich habe eine Überraschung für Sie, erkennen Sie diesen Herrn wieder, Sie erinnern sich nicht, nicht wahr, nun, er ist ein alter Freund, der an diesem glühendheißen Tag aus dem Nichts aufgetaucht ist, er ist gekommen, um mich noch einmal zu besuchen, bevor ich zum Teufel gehe, und ich habe ihn eingeladen, *sarrabulho* zu essen. Herr Casimiro beeilte sich, uns die Tür zu öffnen, und ließ uns den Vortritt. Eine hervorragende Idee, eine ganz hervorragende Idee, rief er aus, während er uns trippelnd in den großen Saal folgte, in dem niemand saß, wo wünschen Sie zu sitzen, heute steht Ihnen das ganze Restaurant zur Verfügung. Tadeus entschied sich für einen Ecktisch neben dem Ventilator. Das Restaurant des Herrn Casimiro war wirklich hübsch. Der Boden war mit rautenförmigen schwarzweißen Marmorfliesen ausgelegt, und an den Wänden befanden sich Kacheln aus der Jahrhundertwende. Am anderen Ende des Saals, in der Nähe der Küche, hockte ein Papagei auf seiner Stange, und hin und wieder krächzte er: Um so besser! Herr Casimiro brachte Brot, Butter und Oliven. Zum *sarrabulho* sollte man Rotwein trinken, sagte er, aber ich weiß nicht, ob er Ihrem Freund schmeckt, ich habe gerade einen Reguengos aus dem Keller geholt, den ich Ihnen wärmstens empfehle. Mir ist Reguengos recht, entschied Tadeus. Ich nickte und seufzte: Einverstanden, das ist das Ende.

Der *sarrabulho* wurde auf einer dieser Platten aus braunem Steingut mit einem Relief aus gelben Blumen gebracht, wie man sie auf dem Markt kaufen kann. Auf den ersten Blick sah er widerwärtig aus. In der Mitte des Tellers schwammen die Kartoffeln in geblichem Fett, und rundherum lagen das geschnetzelte Schweinefleisch und der Kuttelfleck. Das Ganze war vollgesogen mit einer dunkelbraunen Sauce, die wahrscheinlich mit Wein oder gekochtem Blut zubereitet worden war, ich hatte keine Ahnung. So etwas esse ich zum ersten Mal, sagte ich, inzwischen kenne ich Portugal zwar seit vielen Jahren, ich bin durch das ganze Land gereist, aber nie habe ich den Mut gefunden, dieses Gericht zu essen, das ist heute mein Ende, ich werde mich vergiften. Du wirst es nicht bereuen, sagte Tadeus, indem er mir vorlegte, iß, Angsthase, und rede keinen Blödsinn. Ich spießte ein Stückchen Fleisch mit der Gabel auf und führte es mit beinahe geschlossenen Augen zum Mund. Es war köstlich, ein Gericht von erlesenem Geschmack. Tadeus bemerkte es, freute sich darüber, und in seine Augen trat ein Lächeln. Ein großartiges Gericht, sagte ich, du hast recht, das gehört zum Besten, was ich in meinem Leben gegessen habe. Um so besser, krächzte der Papagei. Ich gebe ihm recht, sagte Tadeus und goß mir ein Glas Reguengos ein. Wir aßen schweigend. Also, sagte Tadeus, warum bist du gekommen, Angsthase? Ich habe es dir bereits gesagt, antwortete ich, wegen diesem Kärtchen, das du mir kurz vor deinem Tod schreiben wirst, denn diese Worte lassen mich nicht mehr los, hast du verstanden, Tadeus? Und ich möchte in Frieden leben, aber ich möchte auch, daß du in Frieden ruhst, ich wünsche mir Frieden für uns alle, Tadeus, deshalb bin ich gekommen, aber ich bin auch wegen einer anderen fixen Idee gekommen, von der ich ebenfalls nicht lassen kann, es geht um Isabel, aber das sage ich dir später. Ist gut, sagte Tadeus, und winkte Herrn Casimiro. Schicken Sie uns Ihre Frau, Herr Casimiro, sagte er, wir müssen ihr ein Kompliment machen. Herr Casimiro verschwand in der Küche, und kurz darauf tauchte eine Frau mit weißer Schürze auf. Sie war dick und hatte leichten Flaum auf der Oberlippe. Hat es Ihnen geschmeckt? fragte sie mit verlegener Miene. Wir sind hingerissen, sagte Tadeus, mein Freund sagt, er hätte in seinem ganzen Leben noch nichts Besseres gegessen. Er sah mich an und sagte zu mir: Stimmt's, Angsthase? Ich bejahte, was die Frau von Herrn Casimiro noch verlegener machte. Es ist etwas ganz Einfaches, sagte sie, etwas, was man in meinem Dorf machte, ich habe es von meiner Mutter gelernt. Was heißt hier einfach, erwiderte Tadeus, reden Sie keinen Unsinn, Casimira, das ist nichts Einfaches, das ist ein Kunstwerk. Herr Tadeus ist immer zu Späßen aufgelegt, sagte die Frau von Herrn Casimiro, ich habe Ihnen doch schon so oft gesagt, daß ich nicht Casimira heiße, mein Name ist Maria da Conceição. Die Frau von Casimiro ist Casimira, erwiderte Tadeus, entschuldigen Sie, Casimira, aber das sage ich Ihnen nun zum letzten Mal, und jetzt erklären Sie einmal diesem jungen Mann, wie man *sarrabulho à moda do Douro* zubereitet, damit er ihn sich, wenn er in sein Land zurückkehrt, zu Hause machen kann, denn dort, wo er wohnt, ißt man nur Spaghetti. Wirklich? fragte die Frau von Herrn Casimiro. Ich schwöre es Ihnen, nur Spaghetti. Nein, nein, erklärte die Frau von Herrn Casimiro und wurde dabei immer verlegener, das wollte ich nicht sagen, ich wollte fragen, ob Ihr Freund wirklich wissen will, wie man *sarrabulho* zubereitet. Sicher, sagte ich, ich hätte gern Ihr Rezept, wenn es Ihnen nichts ausmacht. Dann muß mir der Herr verzeihen, sagte die Frau von Herrn Casimiro, denn das wahre *sarrabulho* bereitet man in meinem Dorf mit Polenta zu, aber ich hatte heute kein Maismehl, deshalb habe ich Kartoffeln genommen, aber jetzt nenne ich Ihnen jedenfalls die Zutaten für ein *sarrabulho*, wie es im Buche steht, ich wiege nie etwas ab, ich verlasse mich auf mein Augenmaß, also, hören Sie, man nimmt Schweinslende, Schweinefett, Schmalz, Schweineleber, Kuttelfleck, eine Tasse gekochtes Blut, eine Knolle Knoblauch, ein Glas Weißwein, eine Zwiebel, Öl, Salz, Pfeffer und Kümmel. Ach, Casimira, setzen Sie sich doch, sagte Tadeus, und trinken Sie ein Glas Reguengos de Monsaraz, der löst Ihnen die Zunge. Die Frau von Herrn Casimiro setzte sich, wobei sie um Erlaubnis bat, und nahm das Glas Wein, das Tadeus ihr anbot. Also gut, sagte die Frau von Herrn Casimiro, wenn der Herr ein gutes *sarrabulho* zubereiten will, sollte er das Fleisch am Abend davor vorbereiten, die Schweinslende in kleine, regelmäßige Stückchen schneiden und sie in dem gehackten Knoblauch, dem Wein, dem Salz, dem Pfeffer und dem Kümmel marinieren, dann haben Sie am nächsten Tag ein ganz zartes, duftendes Fleisch, in einem anderen Tontopf schneiden Sie das Fleisch des Blättermagens, beziehungsweise das Fett, das die Kutteln zusammenhält, und lassen es bei kleiner Flamme köcheln, während Sie das Geschnetzelte im Schmalz bei großer Flamme anbraten und dann langsam dünsten lassen. Sobald das Fleisch fast durch ist, gießen Sie die Marinade vom Vorabend darüber und kochen sie ein. Inzwischen schneiden Sie die Kutteln und die Leber klein und braten sie im Schmalz an, bis sie schön goldgelb sind. In einer anderen Pfanne rösten Sie die gehackte Zwiebel in Öl und gießen die Tasse gekochtes Blut darüber. Dann verrühren Sie alles in einem Topf, und fertig ist der *sarrabulho*, wenn Sie möchten, können Sie auch noch etwas Kümmel dazutun, und als Beilage servieren Sie Kartoffeln, Polenta oder Reis, aber mir ist Polenta am liebsten, denn so macht man es in meinem Dorf, aber es ist kein Muß.

Die Frau des Herrn Casimiro seufzte wegen der Anstrengung, die sie vollbracht hatte, und legte sich eine Hand auf den großen Busen. Das wär's, sagte sie, wohl bekomm's, Sie brauchen nur noch zu essen. Sehr gut, rief Tadeus aus und klatschte in die Hände, wissen Sie, was das war, Casimira, das war eine ausgeklügelte Lektion in Essenskultur, was mich anbelangt, so habe ich das Stoffliche dem Imaginären immer vorgezogen, oder besser gesagt, ich habe das Imaginäre immer gern mit Stofflichem belebt, ich bin zwar durchaus für das Imaginäre, aber mit Vorsicht genossen, auch was das kollektive Imaginäre anbelangt, das hätte man Herrn Jung klipp und klar sagen sollen, zuerst kommt das Fressen, dann das Imaginäre. Ich verstehe kein Wort von dem, was Herr Tadeus sagt, sagte die Frau von Herrn Casimiro, ich habe nicht studiert wie die Herren, ich bin auf dem Land aufgewachsen und habe nur die Volksschule besucht. Ach, Casimira, es ist ganz einfach, sagte Tadeus, ich will damit sagen, daß ich zwar ein Materialist bin, aber kein dialektischer, und deshalb, aufgrund der Tatsache, daß ich kein dialektischer Materialist bin, unterscheide ich mich von den Marxisten. Dialektisch ist der Herr, und wie, sagte die Frau von Herrn Casimiro schüchtern, er ist es immer gewesen, seit ich ihn kenne. Das ist stark, lachte Tadeus und schlug sich mit der Hand aufs Knie, Casimira hat noch ein Glas Reguengos verdient! Kommt gar nicht in Frage, sagte die Frau von Herrn Casimiro, Sie wollen doch nicht, daß ich mich betrinke, oder? Doch, genau das sollten Sie tun, sagte Tadeus, das ist Ihnen noch nie im Leben passiert, nicht wahr? Sie sollten eine halbe Flasche Reguengos trinken, bevor Sie mit Herrn Casimiro ins Bett gehen, dann würden Sie das Paradies entdecken, Sie und Ihr Ehemann. Die Frau von Herrn Casimiro senkte den Blick und wurde rot vor Scham. Hören Sie, Herr Tadeus, sagte sie, es macht mir nichts aus, wenn Sie sich über mich lustig machen, Sie haben studiert, und ich bin ungebildet, aber wenn Sie unanständige Dinge zu mir sagen, ist das etwas anderes, hören Sie, wenn Sie es mir gegenüber an Respekt fehlen lassen, sage ich es meinem Mann. Aber Herrn Casimiro ist das doch egal, dem alten

Ferkel, ärgern Sie sich nicht, Casimira, noch ein Schlückchen, und dann bringen Sie uns die Nachspeise oder was immer Sie wollen, was Sie eben heute vorbereitet haben, uns schmecken alle Ihre Nachspeisen, alle.

Tadeus zündete sich eine Zigarre an und bot mir auch eine an. Nein danke, sagte ich, zu stark für mich. Los, Angsthase, probier es, sagte er, nach einem *sarrabulho* ist eine Zigarre genau das Richtige. Wir rauchten schweigend. Der Papagei auf seiner Stange schien eingeschlafen zu sein, man hörte nur das leise Rauschen des Ventilators. Hör zu, Tadeus, sagte ich, warum hat Isabel sich umgebracht? Das will ich wissen. Tadeus sog an seiner Zigarre und blies den Rauch in die Luft. Warum fragst du nicht sie, sagte er, du könntest ja genausogut sie wie mich fragen. Ich weiß nicht, ob ich sie an diesem Julisonntag finden würde, sagte ich, dich schon, dich habe ich gefunden, es ist mir gelungen, weil mir die Zigeunerin geholfen hat, aber wie soll ich Isabel finden? Ich helfe dir, sagte Tadeus, vielleicht ist es einfacher, als du denkst. Hast du sie, fragte ich hartnäckig weiter, hast du sie zu der Abtreibung überredet?

Herr Casimiro brachte das Dessert. Es war ein Teller mit kleinen gelben Kuchen darauf, die die Form von Schiffchen hatten. Das sind *papos de anjos de Mirandela*, sagte Herr Casimiro stolz, Eidotter und Obstgelatine, lauter unverfälschte Sachen, ich will ja nicht angeben, aber in keinem Restaurant in ganz Lissabon bekommt man solche *papos de anjos* wie bei mir. Herr Casimiro trippelte in die Küche zurück, und Tadeus nahm sich ein kleines Törtchen. Wäre es dir vielleicht lieber gewesen, Angsthase, beantwortete er meine Fragen von zuvor, wenn ein uneheliches Kind mit zwei Vätern zur Welt gekommen wäre? Ich hatte keine Ahnung, daß du etwas mit Isabel hattest, sagte ich, ich habe es erst viel später entdeckt, du hast mich betrogen, Tadeus. Und dann fragte ich: War es nun von dir oder von mir? Vergiß es, sagte er, es wäre so und so unglücklich geworden. Das meinst *du*, erwiderte ich, ich meine, daß es ein Recht auf Leben hatte. Ja, sagte Tadeus, damit es uns alle unglücklich gemacht hätte, mich, dich, sich selbst und Isabel. Isabel war ohnehin unglücklich, sagte ich hartnäckig, die Depression hat sie nach der Affäre mit dir bekommen, und wegen dieser Depression hat sie sich umgebracht, ich will wissen, ob du es warst, der ihr den guten Rat gegeben hat. Ich sagte dir doch schon, daß du sie selbst fragen mußt, verteidigte sich Tadeus, ich weiß es nicht, das schwöre ich dir, ich weiß nichts. Du hast ihr den guten Rat gegeben, sagte ich, jetzt weiß ich es. Aber mit ihrem Tod hat das nichts zu tun, antwortete Tadeus, wenn du wissen willst, warum sie sich umgebracht hat, mußt du sie selbst fragen. Und wo finde ich sie, fragte ich. Das ist dir überlassen, sagte er, such dir einen Ort aus, hier oder dort, ihr ist das egal. In der Casa do Alentejo, sagte ich, in der Rua das Portas de Santo Antão, was hältst du davon? Warum nicht? sagte er spöttisch, diesen Ort hätte sie bestimmt gern kennengelernt, sie ist wahrscheinlich nie im Leben dort gewesen, aber warum nicht? Hervorragend, sagte ich, also um neun, du kannst ihr sagen, daß ich sie heute um neun in der Casa do Alentejo erwarte. Jetzt trinken wir einen Kaffee, sagte Tadeus, ich brauche jetzt einen Kaffee und einen Schnaps. Aber Herr Casimiro kam bereits mit zwei Tassen Kaffee und einer Flasche Schnaps, einer alten Tonflasche. Herr Casimiro, sagte Tadeus, das alles geht auf meine Rechnung. Kommt gar nicht in Frage, protestierte ich, ich habe dich zum Mittagessen eingeladen. Herr Casimiro tat, als ob er mich gar nicht gehört hätte, und ging. Stell dich nicht so an, sagte Tadeus mit väterlicher Miene, du hast nur wenig Geld bei dir, du hast Azeitão mit wenig Geld verlassen, du bist unter einem Maulbeerbaum gesessen und hattest wenig Geld in der Brieftasche, ich weiß alles, du mußt den Tag in

Lissabon verbringen und kannst das Geld gebrauchen, los, stell dich nicht so an. Wir standen auf und gingen zur Tür. Herr Casimiro und seine Frau tauchten in der Küchentür auf, um sich zu verabschieden. Hör zu, Tadeus, sagte ich, ich muß mich ein Stündchen oder zwei ausruhen, ich nehme ein Medikament, das mich schläfrig macht, und das Mittagessen, zu dem du mich eingeladen hast, hat mich noch schläfriger gemacht, wenn ich nicht ein Stündchen schlafe, falle ich um. Was nimmst du? fragte er. Ein französisches Medikament auf der Basis von Amineptin, am Morgen beruhigt es dich und gibt dir ein Gefühl von Wohlbefinden, aber dann macht es dich ein wenig benommen. Alle Medikamente für die Seele sind Scheiße, sagte Tadeus, die Seele heilt man, indem man den Bauch heilt. Vielleicht, sagte ich, du kannst von Glück reden, daß du dir so gewiß bist, ich kenne keine Gewißheiten. Möchtest du nicht bei mir zu Hause schlafen? fragte mich Tadeus, im Gästezimmer steht ein schönes Bett. Danke, lieber nicht, antwortete ich, ich sehe dich zwar zum letztenmal, aber trotzdem, hör zu, ich habe wirklich wenig Geld, ich kann mir kein Hotel leisten, mir reicht eine kleine, billige Pension, eine Pension, in der man für eine Stunde oder zwei ein Zimmer mieten kann, du kennst bestimmt solche Lokale, vielleicht kannst du mir helfen. Ganz einfach, sagte er, da gibt es die Pension Isadora, in der Nähe der Praça da Ribeira, beruf dich ruhig auf mich und sprich mit Isadora, sie gibt dir ein Zimmer, du kannst die Straßenbahn zum Cais do Sodré nehmen, sie kommt gerade.

Die Straßenbahnhaltestelle befand sich direkt vor dem Restaurant, und wir warteten hinter der Glastür, um nicht in der prallen Sonne zu stehen. Wir hörten die Straßenbahn, als sie um die Kurve bog, in der Stille der Stadt war das Kreischen der Räder deutlich zu hören. Willst du wirklich nicht bei mir zu Hause schlafen? fragte mich

Tadeus noch einmal. Wirklich nicht, Tadeus, antwortete ich, ruhe in Frieden, ich glaube nicht, daß wir uns noch einmal sehen. Um so besser! kreischte der Papagei. Ich öffnete die Tür, überquerte die Straße und stieg in die Straßenbahn.

4.

Es war ein altes Gebäude mit blaßrosa Fassade und klapprigen Fensterläden. Die Pension lag zwischen einem Trödelladen und einer Schiffahrtsgesellschaft, und auf der angelehnten Glastür stand: Pension Isadora. Ich stieß die Tür auf und ging hinein. In einem Korbstuhl hinter der Rezeption saß ein Mann, der zu schlafen schien. Der *Correio da Manhã* lag ausgebreitet auf seinem Gesicht, und er schnarchte. Ich ging zu ihm hin und hüstelte, aber der Mann machte keinen Mucks. Da sagte ich: Guten Tag, und der Mann nahm ganz langsam die Zeitung vom Gesicht und sah mich an. Es war ein Mann von ungefähr fünfundsechzig Jahren, vielleicht auch älter, mit hagerem Gesicht und einem schmalen Schnurrbärtchen. Sind Sie der Chef? fragte ich. Der Chef ist nicht da, sagte er mit dem Akzent von jemandem aus dem Alentejo, er ist vor einem Jahr gestorben, ich bin der Portier. Ich zog die Brieftasche heraus und nahm meinen Personalausweis, legte ihn auf den Empfangstisch und fragte: Möchten Sie ein Dokument sehen? Der Portier der Pension Isadora warf bloß einen fragenden Blick auf meinen Ausweis und sah mich argwöhnisch an. Ein Dokument, sagte er, und wozu? Ach Gott, sagte ich, ich hielt es für notwendig. Hören Sie, mein Freund, sagte er, Sie wollen mich provozieren, nicht wahr? Ich habe nicht die Absicht, irgend jemanden zu provozieren, erwiderte ich geduldig, ich zeige Ihnen nur meinen Personalausweis. Der Portier der Pension Isadora erhob sich aus seinem Stuhl und nahm ruhig, ganz ruhig, meinen Personalausweis. Ach, murmelte er, Sie sind Italiener, ein Meter fünfundsiebzig groß, haben blaue Augen und braune Haare, interessant, sehr interessant. Er ließ meinen Ausweis auf den Empfangstisch fallen und sagte: Sehr erfreut, Sie kennengelernt zu haben, aber jetzt entschuldigen Sie mich, ich muß aufs Klo, ich habe leider Probleme mit der Prostata. Er verschwand hinter einem schmuddeligen

Vorhang, und ich blieb stehen, steckte den Personalausweis wieder in die Brieftasche, ging in dem kleinen Foyer auf und ab und betrachtete die Bilder an den Wänden. Das erste war eine Ansicht der Basilika von Fátima, vom Hubschrauber aus aufgenommen, ein Foto aus den fünfziger Jahren vielleicht, ein großer Platz und eine lange Menschenschlange, die vor der Kirche wartete, waren darauf zu sehen. Darunter stand: Der *Glaube kennt keine Grenzen*. Das zweite Bild war das Foto eines Bauernhauses, ebenfalls aus den fünfziger Jahren, zumindest ließen das die Farben vermuten, und darunter stand: *Das Geburtshaus Seiner Exzellenz, des Parlamentspräsidenten*. Auf dem dritten Bild war eine nackte Frau mit blonden Haaren zu sehen, die einen Plüschbären im Arm hielt, und darunter stand nichts. Eine Stimme hinter dem Vorhang unterbrach mich bei meiner Besichtigung. Sind Sie noch immer da? fragte mich die Stimme des Portiers der Pension Isadora. Gewiß, sagte ich, bin ich noch da. Ich ging zum Empfangstisch zurück und deutete ein Lächeln an, aber der Mann lächelte absolut nicht. Darf man erfahren, was Sie wollen? fragte mich der Portier der Pension Isadora mit gereizter Miene. Ich möchte ein Zimmer, sagte ich, was sonst. Ein Zimmer? wiederholte er, und wozu? Um darin zu schlafen, sagte ich, ich muß mich ein wenig ausruhen. Der Portier der Pension Isadora glättete sich das schmale Bärtchen, setzte eine ernsthafte Miene auf, kratzte sich am Hintern und sagte: Mein Freund, das ist eine anständige Pension, wir nehmen hier keine Einzelpersonen, ich weiß nicht, ob Sie mich verstehen. Sie drücken sich nicht sehr deutlich aus, sagte ich hartnäckig, das müssen Sie mir schon genauer erklären. Nur Personen in Begleitung, sagte der Portier der Pension Isadora, wir wollen hier weder Spanner noch Perverse. Also, sagte ich, wenn das Ihr ganzes Problem ist, hören Sie zu, ich habe es Ihnen ja schon gesagt, daß ich nur schlafen will, ich muß mich ein paar Stunden hinlegen, und ich hätte gern ein sauberes Bett. Warum suchen Sie sich dann kein gutes Hotel? fragte er, was einer gewissen Logik nicht entbehrte. Hören Sie zu, sagte ich, es würde zu lange dauern, es Ihnen zu erklären, aber ich muß den ganzen Tag in Lissabon bleiben und habe nicht sehr viel Geld bei mir, ich habe es Ihnen ja schon gesagt, daß ich nur ein paar Stunden schlafen will, außerdem habe ich zu Mittag etwas Schweres gegessen, und wenn ich keine kleine Siesta halte, habe ich den ganzen Nachmittag bis zum Abend Sodbrennen, ich brauche nur etwas Schlaf, ich will niemanden belästigen. Der Portier der Pension Isadora schien nicht allzu überzeugt zu sein. Er glättete sich aufs neue den Schnurrbart und fragte mich: Aber warum sind Sie gerade hierher gekommen? Ich begriff, daß ich bei ihm nichts ausrichten konnte, und fragte ihn daher: Ist Isadora da, ich möchte sie sprechen, sagen Sie ihr, ein Freund von ihr hat mich geschickt. Der Portier der Pension Isadora ging ans untere Ende der Treppe und rief: Isadora, komm mal herunter, da ist einer, der dich sprechen will! Ich hörte schwere Schritte auf dem Gang im oberen Stockwerk, und am oberen Ende der Treppe tauchte Isadora auf. Sie war eine alte Hure, die in den Ruhestand getreten war und mittlerweile völlig ehrbar aussah: eine Brille, die an einem Kettchen um den Hals hing, eine rote Bluse. Isadora kam mit der würdevollen Miene einer Internatsdirektorin die Treppe herab und trat auf mich zu. Der Herr muß entschuldigen, sagte sie lächelnd, unser Portier ist manchmal etwas ungehobelt, aber Sie wissen ja, heutzutage passiert soviel, da ist es besser, nicht jedem zu vertrauen, aber wenn Sie mit mir sprechen wollen, hätten Sie es sofort sagen sollen. Ich komme von Tadeus, sagte ich, ich bin ein Freund von ihm, er läßt Sie vielmals grüßen, hören Sie, ich hätte gern ein Zimmer, um mich ein paar Stunden auszuruhen, und ein sauberes Bett, ich will nur wieder zu Kräften kommen, ich habe gerade mit Tadeus *sarrabulho* gegessen und halte mich kaum noch auf den Beinen, außerdem habe ich heute nacht kein Auge geschlossen, weil der Haushund keine Minute zu bellen aufgehört hat, und um Mitternacht soll ich jemanden auf der Alcântara-Mole treffen. Mein lieber junger Mann, sagte Isadora, das hätten Sie mir gleich sagen sollen, ich richte Ihnen ein schönes kühles Zimmer und ein ganz sauberes Bett her, aber warum hat Tadeus sich nicht mehr sehen lassen, der Teufel soll ihn holen. Ich weiß nicht, sagte ich, er steckt wohl in Schwierigkeiten. Isadora schwenkte die Klingel, die auf dem Tisch lag, und gleichzeitig rief sie: Viriata, he Viriata! Dann wandte sie sich wieder zu mir und sagte: Mein lieber junger Mann, gehen Sie ruhig in Zimmer fünfzehn im ersten Stock, direkt neben der Toilette, Viriata wird Ihnen sofort das Bett machen. Brauchen Sie meinen Personalausweis? fragte ich. Ach was, sagte sie, was soll das. Ich ging die Treppe hinauf und betrat das Zimmer Nummer fünfzehn. Es war ein schönes großes Zimmer mit einem großen Doppelbett. Es war mit Möbeln eingerichtet, wie man sie noch immer auf dem Land findet: einer Kommode mit großen Schubladen, einem Spiegelschrank, ein paar dunklen Stühlen. In einer Ecke neben dem Fenster stand ein Waschtisch aus Schmiedeeisen mit einem Wasserkrug. Ich legte meine Jacke und mein Lacoste-Hemd auf die Kommode und wartete auf das Zimmermädchen. Kurz darauf klopfte es an der Tür und ich sagte: Herein. Guten Tag, sagte das Mädchen, ich bin Viriata. Es war ein molliges Mädchen mit dichten, dauergewellten Löckchen und dem Gesicht einer Bäuerin. Sie war wohl kaum älter als fünfundzwanzig, sah aber aus wie vierzig. Ich komme aus dem Alentejo, sagte sie lächelnd, in dieser Pension stammen fast alle aus dem Alentejo, außer einem Mädchen, das Spanierin ist und Mercedes heißt, aber inzwischen kommt sie nur jeden zweiten Tag, sie arbeitet an der Praça da Alegria, vielleicht wird sie Jazzsängerin. Sie begann die frischgewaschenen Laken übers Bett zu breiten und sagte: Auch ich wäre gern Sängerin geworden, aber ich habe nie Musik studiert, im Gegensatz zu Mercedes, sie hat eine gute Schule in Mérida besucht, sie stammt aus guter Familie. Und Sie, fragte ich, waren Sie auf gar keiner Schule? Nein, sagte sie, ich habe nur lesen und schreiben gelernt, meine Mutter ist gestorben, als ich acht war, und mein Vater war ein Rohling, er hat sein Leben lang gesoffen, gefällt Ihnen der Alentejo? Und wie, sagte ich, stellen Sie sich vor, noch heute morgen war ich im Alentejo, ich war in Azeitão. Ach, sagte sie, Azeitão liegt eigentlich nicht wirklich im Alentejo, es gehört im Grund noch zu Lissabon, um den Alentejo zu verstehen, muß man Beja und Serpa sehen, ich komme aus Serpa, als Kind habe ich vor den Stadtmauern von Serpa Schafe gehütet, und am Heiligen Abend versammelten sich die Hirten in den Häusern, um die traditionellen Lieder zu singen, wie schön das war, nur die Männer sangen, die Frauen nicht, die hörten zu und kochten, und wir aßen *migas*, *açorda* und *sargalheta*, lauter Sachen, die es in Lissabon nicht mehr gibt, Lissabon ist eine elegante Stadt geworden, stellen Sie sich einmal vor, gestern bin ich in ein kleines Restaurant hier um die Ecke essen gegangen, nichts Besonderes, aber der Fisch dort ist wirklich gut, ich wollte Seezunge, und der Kellner fragt mich: Gegrillt oder mit Bananen? Mit Bananen, sage ich, was soll das sein? Das ist eine brasilianische Spezialität, sagt der Kellner zu mir, wenn das Fräulein das nicht weiß, sollte es sich informieren. Tja, sagte ich, die Welt ist verrückt geworden, sie ist voller sonderbarer Dinge, ein einziges Durcheinander. Inzwischen war Viriata mit dem Bettenmachen fertig und schlug das obere Laken zurück. So, sagte sie, das Bett ist fertig, will der Herr keine Gesellschaft? Nein danke, Viriata, antwortete ich, ich will nur eineinhalb Stunden schlafen, ich brauche keine Gesellschaft. Ich bin sehr sauber und sehr leise, sagte Viriata, ich störe Sie nicht, auch wenn Sie schlafen wollen, ich bleibe ganz leise neben Ihnen liegen, ohne Sie zu stören. Danke, sagte ich, aber ich würde lieber alleine schlafen. Und wenn ich Ihnen den Rücken kratze, fragte Viriata, möchten Sie nicht einschlafen, während Ihnen jemand den Rücken kratzt? Ich lächelte und sagte: Danke, Viriata, du bist wirklich ein braves Mädchen, aber ich brauche niemanden, der mir den Rücken kratzt, ich möchte mich nur eineinhalb Stunden ausruhen, verzeih mir, Viriata, aber heute ist wirklich nicht der ideale Tag, um mir den Rücken kratzen zu lassen, hör zu, weck mich in eineinhalb Stunden auf, aber vergiß es nicht, dann bekommst du ein schönes Trinkgeld. Viriata ging schweigend hinaus, ich schloß die Fensterläden, im Zimmer war es schön kühl, das Bett war sauber, ich zog mich ruhig aus, legte die Hose auf einen Stuhl, zog das Lacoste-Hemd der Zigeunerin aus und schlüpfte nackt ins Bett, es war schön, darin zu liegen, das Kissen war weich, ich streckte die Beine aus und schloß die Augen.

Wie viele Buchstaben hat das lateinische Alphabet? fragte die Stimme meines Vaters. Ich schaute genau hin, und im Halbdunkel sah ich ihn, meinen Vater. Er stand ganz hinten im Zimmer, an die Kommode gelehnt, und sah mich an, als ob er sich über mich lustig machen wollte. Er trug einen Matrosenanzug, war so um die Zwanzig oder etwas älter, aber es war mein Vater, ausgeschlossen, daß ich mich irrte. Vater, sagte ich, was machst du hier, in der Pension Isadora, im Matrosenanzug? Sag mir lieber, was *du* hier machst, erwiderte er, wir schreiben das Jahr neunzehnhundertzweiunddreißig, ich leiste gerade meine Militärdienst ab, und mein Schiff ist heute in Lissabon eingelaufen, mein Schiff heißt *Filiberto*, es ist eine Fregatte. Aber warum unterhältst du dich auf portugiesisch mit mir, Vater, sagte ich, und warum kommst du immer mit so absurden Fragen an, ich habe den Eindruck, du möchtest mich prüfen, auch früher bist du angekommen und hast mich gefragt, wann der Geburtstag meiner Mutter ist, ich habe kein Zahlengedächtnis, ich irre mich immer, mit Zahlen stehe ich auf Kriegsfuß, und du quälst mich immer mit solchen Fragen. Mein Sohn, sagte er, ich möchte sehen, ob du ein braver Sohn bist, nur das, ich stelle dir solche Fragen, um zu sehen, ob du ein braver Sohn bist. Mein junger Vater nahm seine Matrosenmütze ab und fuhr sich über das Haar. Er war schön, mein junger Vater, er hatte ein ehrliches Gesicht und schönes blondes Haar. Hör zu, Vater, sagte ich, um dir die Wahrheit zu sagen, ich mag diese Fragen nicht, diese Prüfungen, du mußt aufhören, mir einfach so, wann es dir paßt, zu erscheinen, du mußt aufhören, mich zu verfolgen. Warte einen Augenblick, sagte er, ich bin hier, weil ich etwas wissen will, ich will wissen, wie mein Leben zu Ende gehen wird, und du bist der einzige, der es wissen kann, du lebst in der Gegenwart, ich will alles wissen, heute, Sonntag, den dreißigsten Juli neunzehnhundertzweiunddreißig. Aber warum hast du es so eilig, es zu erfahren? sagte ich, du brauchst dich nicht zu beeilen, das Leben ist, wie es ist, da läßt sich nichts machen, laß es bleiben, Vater. Nein, nein, sagte mein junger Vater, sobald ich die Pension Isadora verlasse, werde ich alles vergessen haben, in der Rua da Moeda wartet ein Mädchen auf mich, ich brauche nur hier hinauszugehen, und schon habe ich alles vergessen, aber ich muß es jetzt wissen, deshalb quäle ich dich. Ist gut, Vater, wie du willst, sagte ich, hör zu, mit dir nimmt es ein schlimmes Ende, Kehlkopfkrebs, was wirklich merkwürdig ist, weil du nie geraucht hast, aber so ist es nun mal, du bekommst Krebs, und der Chirurg, der dich operiert, ist der Leiter der

Klinik, ein berühmter Hals-Nasen-Ohren-Arzt, was für ein Wort, aber meiner Meinung nach kennt er sich höchstens bei Mandeln aus, von Krebs hat er keine Ahnung, glaube ich. Und dann? fragte mich mein junger Vater. Und dann liegst du einen Monat lang im Krankenhaus, ich wache bei dir Nacht für Nacht, weil die Krankenschwestern in der Klinik des berühmten Professors zuviel zu tun haben, niemand kommt, wenn du klingelst, sie würden dich ersticken lassen wie einen Hund, deshalb muß ich an deinem Bett sitzen und eine widerwärtige Maschine in Gang halten, die dir das Blut aus dem Hals absaugt, und einen Monat später, an dem Abend, an dem du aus dem Krankenhaus entlassen werden sollst, führen dir die Ärzte durch die Nase ein kleines Röhrchen in den Magen ein, um dich zu ernähren, und sagen: Alles in Ordnung, der Patient kann nach Hause gehen, aber gar nichts ist in Ordnung, ich gehe hinaus, um einen Kaffee zu trinken, und als ich in dein Zimmer zurückkomme, liegst du im Sterben, dein Gesicht ist aufgedunsen und blau angelaufen, du bekommst keine Luft, dein Herz schlägt unregelmäßig. Was ist mit meinem Vater los, frage ich den diensthabenden Arzt, diesen Stümper. Ihr Vater hat einen Infarkt, sagt er. Dann soll ein Kardiologe kommen, sage ich, denn das glaube ich nicht. Der Kardiologe kommt, macht ein Elektrokardiogramm und sagt: Der Patient hat nichts am Herzen, mit der Lunge ist etwas nicht in Ordnung, wir müssen röntgen. Und da hebe ich dich eigenhändig aus dem Bett, denn die Krankenschwestern in der Klinik des berühmten Professors sind zu beschäftigt, und rufe einen Krankenwagen, und mit dem Krankenwagen fahren wir in die Röntgenklinik, auf meine Verantwortung, denn dieser Stümper von diensthabendem Arzt läßt dich nur hinaus, wenn ich die Verantworung übernehme, und ich übernehme die Verantwortung, und nach der Röntgenuntersuchung sagt der Röntgenarzt zu

mir: Ein Röhrchen hat die Speiseröhre Ihres Vaters perforiert, das Mittelfell durchstoßen und steckt in der Lunge,
wir brauchen jetzt einen Lungenfacharzt, der auch operiert, sonst stirbt Ihr Vater. Genau so war es, Vater, als dir
diese hervorragenden Ärzte das Röhrchen in den Magen
einführten, haben sie dir die Speiseröhre perforiert, so daß
es bis in die Lunge gedrungen ist, ich habe dich gerettet,
weil ich weder ihnen vertraut habe noch ihrem Können:
Der Lungenfacharzt, den ich sofort rief, machte dir mit
dem Skalpell einen Schnitt am Rücken, die Luft entwich,
und die Lunge schwoll ab, sie schickten dich in die Inten-
sivstation, wo die Kranken ganz nackt daliegen und überall
an Schläuche angeschlossen sind, und nach zwei Wochen
wurdest du entlassen, und der berühmte Kliniker, der dich
operiert hatte, dieser reizende Mensch, hat dich in der ganzen Zeit, während der du dort gelegen hast, kein einziges
Mal besucht. Und dann, fragte mein junger Vater, was ist
dann mit mir geschehen? Nun, Vater, sagte ich, dann habe
ich einen wirklich guten Chirurgen gefunden, einen
Freund von mir, der in einem großen Krankenhaus arbeitet, er hat dir eine Anastomose gemacht, das heißt, er hat
die perforierte Speiseröhre nachgebildet, und danach hast
du noch drei Jahre gelebt, drei ruhige, schöne Jahre, in denen du dich normal ernährt hast, und dann ist die Krankheit wieder aufgetreten, diesmal war es eine Metastase, und
so bist du gestorben. Wie? fragte mein junger Vater, ich will
wissen, ob es ein qualvoller Tod war oder ein sanfter, wie
war es, ich will es wissen. Du bist abgebrannt wie eine
Kerze, Vater, sagte ich, eines Tages hast du dich niederge-
legt und gesagt: Ich bin müde und habe keinen Hunger,
und du bist nicht mehr aufgestanden und hast nichts mehr
gegessen, du hast nur die klare Brühe getrunken, die Mutter dir zubereitete, und ich kam dich jeden Tag besuchen,
und so hast du fast noch einen Monat lang gelebt, du warst

bis aufs Skelett abgemagert, aber du hast nicht gelitten, und in dem Augenblick, in dem du gestorben bist, hast du mir mit der Hand gewunken, bevor du ins Dunkel getreten bist.

Mein junger Vater lächelte und fuhr sich mit der Hand durchs Haar. Aber es gibt noch eine andere Geschichte, die du mir erzählen mußt, sagte er, du bist noch nicht fertig. Es gibt nichts mehr, antwortete ich. Du bist langsam von Begriff, sagte er, ich will wissen, ob du ein braver Sohn warst, wie du dich dem Arzt gegenüber verhalten hast, der mich operiert hat. Hör zu, Vater, sagte ich, ich weiß nicht, ob ich richtig gehandelt habe, vielleicht hätte ich mich lieber anders verhalten sollen, vielleicht hätte ich ihn ohrfeigen sollen, den Burschen, das wäre mutiger gewesen, aber ich habe es nicht getan, und deshalb fühle ich mich schuldig, anstatt ihn am Kragen zu packen, habe ich eine Erzählung über das Gespräch geschrieben, das ich mit ihm führte, und er hat mich verklagt, er behauptete, es sei alles erlogen, ich konnte den Richter nicht von der Wahrhaftigkeit meiner Geschichte überzeugen, und so habe ich den Prozeß verloren. Bist du verurteilt worden? fragte mich mein junger Vater. Noch nicht in letzter Instanz, sagte ich, ich habe Berufung eingelegt und der Prozeß ist noch am Laufen, aber mir wäre lieber, ich hätte anders gehandelt, mir wäre lieber, ich hätte ihm einen Fausthieb versetzt wie es früher üblich war, das wäre eine ehrenhafte und drastische Tat gewesen. Gräm dich nicht, mein Sohn, sagte mein junger Vater, es war besser so, lieber die Feder gebrauchen als die Fäuste, das ist die elegantere Art und Weise, Hiebe auszuteilen. Gut, daß du mich tröstest, Vater, sagte ich, denn ich bin nicht mit mir zufrieden. Deshalb bin ich in diesem Zimmer, sagte mein junger Vater, weil ich dich und mich beruhigen wollte, jetzt, da du mir alles erzählt hast, fühle ich mich sehr erleichtert. Das will ich auch hoffen, Vater, sagte ich, ich hoffe, daß du mir nicht mehr auf diese erschreckende Art und Weise erscheinen wirst, wie du es in letzter Zeit getan hast, für mich wurde das langsam unerträglich. Etwas solltest du jedoch wissen, sagte mein junger Vater, nicht ich wollte dir in diesem Zimmer erscheinen, dein Wille hat mich gerufen, du wolltest mich im Traum sehen, und jetzt bleibt mir nur noch die Zeit, dir adieu zu sagen, adieu, mein Sohn, das Zimmermädchen klopft gleich an die Tür, ich muß gehen.

Ich hörte es an die Tür klopfen und öffnete die Augen, Viriata kam herein und sagte: Guten Abend, der Herr hat genau eineinhalb Stunden geschlafen, wie Sie sehen, bin ich pünktlich, ich hoffe, Sie haben gut geruht. Sie legte Hose und Hemd auf die Bettkante und fragte: Bleibt der Herr auch noch heute nacht? Nein, Viriata, antwortete ich, ich muß weg, ich möchte einen Spaziergang machen. Bei dieser Hitze? fragte Viriata verblüfft. Nur ein paar Schritte, sagte ich, und vielleicht nehme ich auch die Straßenbahn, ich habe noch fast den ganzen Nachmittag vor mir, ich möchte ein Bild besuchen. Ein Bild besuchen, sagte Viriata, was für eine merkwürdige Idee. Ich habe nie so recht verstanden, was dieses Bild bedeutet, sagte ich, vielleicht gelingt es mir heute, es besser zu verstehen, weißt du, heute ist ein ganz besonderer Tag. Dann begleite ich Sie bis zur Haltestelle, wenn es Ihnen nichts ausmacht, sagte Viriata, ich möchte auch einen kleinen Spaziergang machen. Sehr gern, Viriata, sagte ich, aber gib mir zuerst die Brieftasche, die in meiner Hosentasche steckt. Viriata begriff sofort, hob die Hände und rief aus: Kommt gar nicht in Frage, ich will kein Trinkgeld, Sie waren so freundlich zu mir, und Freundlichkeit ist das schönste Geschenk, das man jemandem machen kann, den man nicht einmal kennt.

5.

Ihr Ananas-Sumol, sagte der Barmann des Museums für Antike Kunst angewidert, als er das Glas auf mein Tischchen stellte. Dieser Park ist eine Wonne, sagte ich, um irgend etwas zu sagen, sogar an einem Tag wie heute ist es kühl, es war eine gute Idee, hier ein Café aufzumachen, ein Café hat hier wirklich gefehlt, zu meiner Zeit gab es keines. Ja, ja, sagte er mit nach wie vor angewiderter Miene, wir bieten zwar alkoholische Getränke und alles mögliche an, aber die Gäste trinken leider Sumol und Limonaden. Ich brauche ein Sumol, weil es meine Verdauung fördert, sagte ich, ich habe heute was Schweres zu Mittag gegessen, es liegt mir noch im Magen. Alkohol fördert die Verdauung, sagte der Barmann des Museums für Antike Kunst, alkoholische Getränke sind gut für die Verdauung, Sie als Ausländer sollten das wissen. Wieso müßte ich als Ausländer das wissen, fragte ich. Weil die im Ausland alles wissen, sagte er unbeirrbar, hier in diesem Land wissen die Leute nie etwas, es sind lauter Analphabeten, das ist das Problem, die reisen zu wenig. Möchten Sie sich nicht setzen? fragte ich und bot ihm einen Stuhl an. Der Barmann des Museums für Antike Kunst blickte sich um. Na ja, sagte er, ist ohnehin niemand da, da kann ich die Beine ein wenig ausstrecken, ich stehe seit heute morgen. Er nahm Platz, schlug die Beine übereinander und zündete sich eine Zigarette an. Und Sie sind viel gereist? fragte ich, um das Gespräch wiederaufzunehmen. Ich war in Frankreich, antwortete er, ich war viele Jahre lang Emigrant, wenn Sie wüßten, wie gut es mir in Paris ging, bis ich letztes Jahr beschloß, zurückzukommen, und da bin ich nun und serviere Limonaden, eigentlich hätte ich in einer dieser Nobel-Bars in Cascais arbeiten sollen, wo die Engländer und die Franzosen zum Trinken hingehen, aber ich habe keine Stellung gefunden, in Cascais und Estoril ist es inzwischen so gut wie unmöglich, Arbeit zu finden, aber ich sage Ihnen, dort arbeiten welche als

Barmann, die nicht einmal einen Bourbon von einem Macieira unterscheiden können, ein Jammer. Macht es Ihnen keinen Spaß, Limonaden zu servieren? fragte ich. Nun, sagte er, von Beruf bin ich eigentlich Barmann, aber ein richtiger Barmann, also einer, der Getränke, Cocktails und Longdrinks mixt, hier verkaufe ich mich unter meinem Wert, stellen Sie sich vor, ich war Barmann in Harry's Bar in Paris, ich weiß nicht, ob Sie sie kennen, kennen Sie sie? Ich kenne sie nicht, antwortete ich. Sie ist in der Rue Daunou, antwortete er, in der Nähe der Oper, wenn Sie einmal hinkommen sollten, fragen Sie nach Daniel, sagen Sie, ich hätte Sie geschickt, er ist der beste Barmann auf der ganzen Welt, er hat mir alles beigebracht, inzwischen ist er nicht mehr der Jüngste, aber er ist noch immer der Beste, bestellen Sie einen Alexander bei ihm, Sie werden es nicht bereuen. Der Barmann des Museums für Antike Kunst drückte seine Zigarette im Aschenbecher aus und seufzte. Sie sehen also den Unterschied, sagte er, jetzt serviere ich hier Limonaden, stellen Sie sich vor, dort, in Harry's Bar gab es hundertsiebzig verschiedene Whiskeymarken, ich weiß nicht, ob Sie mich verstehen, die Harry's Bar war das *quartier général* der Engländer und Amerikaner in Paris, Leute, die zu trinken verstehen, im Gegensatz zu den Portugiesen, die nur Orangenlimonade trinken. Ich leerte mein Sumol und erwiderte etwas beschämt: Da kann ich Ihnen nicht recht geben, beim Trinken schlagen sich die Portugiesen recht gut, und ob. Beim Wein vielleicht, sagte der Barmann des Museums für Antike Kunst, was den Wein anbelangt, sage ich nichts, da gibt es nichts einzuwenden, aber schauen Sie, eigentlich trinken sie immer nur Wein. Auch Schnaps, fügte ich hinzu, auch beim Schnaps lassen sie sich nicht lumpen. Ach ja, sagte der Barmann des Museums für Antike Kunst, aber mit Cocktails haben sie nichts am Hut, sie haben nicht einmal eine Ahnung, was ein Cocktail ist. Aber warum sind Sie dann zurückgekommen, Sie hätten ja in Paris bleiben können. Ich mußte zurückkommen, seufzte er aufs neue, meine Schwiegermutter ist krank geworden, sie hat eine Lähmung bekommen, sie lebte allein in Benfica, meine Frau mußte sich um ihre Mutter kümmern, und außerdem hat es meiner Frau in Frankreich nie gefallen, sie hatte schreckliche Sehnsucht nach unseren Würsten und unseren Sardinen, meine Frau ist eine hundertfünfzigprozentige Portugiesin, die Ärmste, aber sie ist eine brave Frau, mit einem Wort, wir haben getan, was wir tun mußten, und da stehe ich nun und serviere Limonaden. Der Barmann des Museums für Antike Kunst betrachtete mein leeres Glas und suchte meinen Blick. Liegt Ihnen das Essen noch im Magen? fragte er. Ich glaube nicht, antwortete ich, Sumol fördert die Verdauung ganz hervorragend, vor allem Ananas-Sumol. Dann darf ich Ihnen vielleicht einen von mir kreierten Drink empfehlen, sagte der Barmann des Museums für Antike Kunst, einen Cocktail, den ich erfunden habe, als ich hier zu arbeiten anfing, Sie können sich gar nicht vorstellen, wer ihn gestern getrunken hat, raten Sie einmal. Keine Ahnung, sagte ich, ich habe nicht die leiseste Ahnung. Wissen Sie wirklich nicht, wer gestern da war? fragte der Barmann des Museums für Antike Kunst enttäuscht, es stand sogar in der Zeitung, das *Público Magazine* hat eine hervorragende Fotoreportage gebracht, auf einem Foto sieht man sogar mich. Ich habe heute keine Zeitung gekauft, erwiderte ich, tut mir leid, ich habe mir nur *A Bola* besorgt. *A Bola?!* rief er verächtlich aus, Sie hätten *O Público* kaufen sollen, die sieht aus wie eine französische Zeitung. Mag sein, sagte ich, aber ich habe nur *A Bola* gekauft. Schon gut, sagte der Barmann des Museums für Antike Kunst, raten Sie jetzt. Was soll ich raten? fragte ich. Wer gestern hier war, sagte er. Also, sagte ich, ich habe nicht die leiseste Ahnung. Der

Präsident der Republik, rief der Barmann des Museums für Antike Kunst strahlend aus, der Präsident der Republik höchstpersönlich war da, er ist mit einem ausländischen Gast gekommen, der auf Staatsbesuch in Portugal war, mit dem Premierminister eines asiatischen Landes, sie sind gekommen, das Museum zu besichtigen. Der Barmann des Museums für Antike Kunst schlug mir auf die Schulter, als ob wir alte Freunde wären. Gut, sagte er, ich will ja nicht angeben, aber wissen Sie, was er zu mir gesagt hat? Er hat zu mir gesagt: Guten Abend, Herr Manel, stellen Sie sich vor, er hat mich mit meinem Namen angesprochen, Herr Manel. Wahrscheinlich haben sie einen guten Geheimdienst, sagte ich, sie informieren sich, bevor sie einen offiziellen Besuch abstatten, sie wissen alles. Ganz und gar nicht, mein lieber Herr, widersprach der Barmann des Museums für Antike Kunst, ganz und gar nicht, aber der Präsident der Republik war einmal in Harry's Bar, vor vielen Jahren, als er in Paris im Exil war, und er hat sich ganz einfach an mich erinnert, unser Präsident hat ein ausgezeichnetes Gedächtnis. Wirklich außergewöhnlich, bestätigte ich, ein unfehlbares Gedächtnis ist eine wichtige Eigenschaft für einen guten Politiker. Und er hat zu mir gesagt: Wie geht's, Herr Manel? wiederholte der Barmann des Museums für Antike Kunst, glauben Sie nicht, daß das ein wenig ungewöhnlich ist? Natürlich, antwortete ich, und was haben Sie geantwortet, Herr Manel? Ich habe ihm die Hand gereicht, sagte er, und ihm einen guten Cocktail gemixt, weil ich weiß, daß er gerne so was trinkt, unser Präsident ist ein außergewöhnlicher Mann, aber er ist auch ein Gourmand, er ißt und trinkt gern, also habe ich ihm einen guten Drink gemixt, den ich auch Ihnen empfehlen wollte, möchten Sie ihn nicht probieren, jetzt, wo Sie verdaut haben? Warum nicht? sagte ich, was ist es genau? Wissen Sie, es ist kein richtiger Cocktail und auch kein Longdrink, sagen wir, es ist ein Mittelding, ich selbst habe es erfunden, es heißt »Janelas Verdes' Dream«. Der Name ist wirklich gelungen, sagte ich, was sind die Zutaten? Hören Sie, lieber Freund, sagte der Barmann des Museums für Antike Kunst in vertraulichem Ton, gewöhnlich ist es nicht meine Art, die Zutaten meiner Drinks zu verraten, das ist Berufsgeheimnis, aber Sie sind Ausländer, und Ihnen sage ich es: drei Viertel Wodka, ein Viertel Zitronensaft und eine Löffelchen Pfefferminzsirup, das alles kommt zusammen mit drei Eiswürfeln in den Shaker, man schüttelt, bis einem der Arm weh tut, und vor dem Servieren entfernt man das Eis, der Wodka und der Zitronensaft verbinden sich hervorragend, und der Pfefferminzsirup sorgt nicht nur für Aroma, sondern auch für die grüne Farbe, die wegen des Namens notwendig ist, ich weiß nicht, ob Sie mich verstehen, grün, »Janelas Verdes«, das ist unbedingt notwendig. Gut, sagte ich, ich glaube, ich will den »Janelas Verdes' Dream« tatsächlich probieren, Sie haben mir wirklich Lust darauf gemacht. Eine gute Wahl! rief der Barmann des Museums für Antike Kunst aus, ich will Ihnen noch etwas sagen: Zitronensaft löscht den Durst, Alkohol gibt Kraft, genau das Richtige an einem Tag wie diesem, und Pfefferminz erfrischt die Eingeweide, eine gute Wahl. Er stand schnell auf und ging zur Theke. Ich schaute auf die Uhr und stellte fest, daß es spät war, ich hatte keine Zeit mehr, mein Bild zu besichtigen. Der Barmann des Museums für Antike Kunst kam mit meinem »Janelas Verdes' Dream« zurück und stellte das Glas mit triumphierendem Ausdruck auf das Tischchen. Ich führte das Glas zum Mund und dachte, daß ich mir, selbst wenn es ein Gesöff wäre, nichts anmerken lassen durfte, die Situation erforderte männliches Verhalten, aber letztendlich war es gar nicht erforderlich, und so schnalzte ich mit der Zunge und sagte: Wirklich gut. Der Barmann des Museums für Antike Kunst setzte sich wieder und sagte: Nicht wahr? Ja, bestätigte ich, wirklich. Und dann fuhr ich fort: Hören Sie, mein Freund, ich habe ein Problem, kennen Sie die Museumswärter? Alle, antwortete er, ohne einen Augenblick nachzudenken, sie sind alle meine Freunde. Dann hören Sie, sagte ich, ich habe folgendes Problem: Ich bin hergekommen, um eine Gemälde zu sehen, aber erst jetzt bemerke ich, daß das Museum gleich geschlossen wird, ich muß dieses Bild unbedingt sehen, aber zehn Minuten reichen mir nicht, ich bräuchte mindestens eine Stunde, können Sie nicht den Wärter fragen, der in dem Saal steht, in dem das Gemälde hängt, ob er mich nicht wenigstens eine Stunde bleiben läßt? Ich kann es versuchen, sagte der Barmann des Museums für Antike Kunst mit komplizenhafter Miene, das Personal geht erst eine Stunde, nachdem das Museum geschlossen wird, wegen der Reinigung, vielleicht darf der Herr im Saal bleiben. Dann senkte er die Stimme, als ob es sich um ein Geheimnis handelte, und fragte: Was für ein Bild ist es denn? *Die Versuchung des heiligen Antonius*, antwortete ich. Haben Sie es noch nie gesehen, fragte er. Ich habe es schon Dutzende Male gesehen, antwortete ich. Warum wollen Sie es dann noch einmal sehen? fragte er, wo Sie es doch schon kennen. Aus einer Laune heraus, sagte ich, sagen wir, es ist eine Laune. Ach, dann ist alles in Ordnung, sagte der Barmann des Museums für Antike Kunst, ich habe Verständnis für Launen aller Art, Launen und Alkohol sind meine Stärke. Glauben Sie, daß sich der Wärter mit einem Trinkgeld leichter überreden ließe? fragte ich. Das halte ich für nicht sehr elegant, antwortete er.

Er verschwand, ich trank meinen Cocktail aus und begann nachzudenken. Wollte ich das Bild wirklich wiedersehen, seit wie vielen Jahren hatte ich es nicht gesehen? Ich versuchte nachzurechnen, schaffte es jedoch nicht. Und da erinnerte ich mich an die Winternachmittage, die wir im

Museum verbracht hatten, wir vier, und an unsere Unterhaltungen, an unser Herumdeuteln an den Symbolen, an unsere Interpretationen, unseren Enthusiasmus. Und jetzt war ich wieder da, und alles war anders, nur das Bild war dasselbe geblieben und wartete auf mich. Aber war es wirklich dasselbe geblieben, oder hatte es sich ebenfalls verändert? Ich meine, war es nicht möglich, daß das Bild nun ein anderes war, bloß weil es meine Augen anders sehen würden? Das fragte ich mich genau in dem Augenblick, als der Barmann des Museums für Antike Kunst zurückkam. Er kam mit gespielter Gleichgültigkeit auf mich zu und suchte meinen Blick. Erledigt, sagte er, geht in Ordnung, der Wärter heißt Herr Joaquim, er wartet auf Sie. Ich stand auf und bezahlte. Ihr Drink war wirklich köstlich, sagte ich, danke, jetzt fühle ich mich viel besser. Der Barmann des Museums für Antike Kunst reichte mir die Hand. Adieu, sagte er, ich mag Leute, die Cocktails zu schätzen wissen, und sollten Sie eines Tages in Harry's Bar kommen, fragen Sie nach Daniel, sagen Sie ihm, Manel schickt Sie.

Als ich ankam, machte mir der Wärter ein komplizenhaftes Zeichen, ich bedankte mich bei ihm und sagte, daß ich weniger als eine Stunde bleiben würde, er antwortete, daß es keine Probleme gebe, und ich betrat den Saal. Sehr enttäuscht stellte ich fest, daß ich nicht allein war, vor der *Versuchung* stand ein Kopist mit Staffelei und Leinwand und arbeitete. Ich weiß nicht, warum, aber es war mir nicht recht, in Gesellschaft zu sein, ich hätte das Bild gern ganz allein betrachtet, ohne ein zweites Augenpaar, das es gleichzeitig mit dem meinen betrachtete, ohne die etwas lästige Anwesenheit eines Unbekannten. Und vielleicht war dieses Unbehagen der Grund, warum ich das Bild nicht von vorne betrachtete, sondern darum herumging und begann, die Rückseite der linken Seitentafel zu betrachten, auf der Christus im Garten Gethsemane dargestellt war. Ich versuchte mich auf die Darstellung zu konzentrieren, vielleicht in der ein wenig absurden Hoffnung, der Mann würde seine Staffelei zusammenklappen und gehen. Wenn Sie das Bild sehen wollen, müssen Sie sich beeilen, sagte der Mann auf der anderen Seite, das Museum wird gleich geschlossen. Ich trat nach vorne und versuchte zu lächeln. Man hat mir erlaubt, noch eine Stunde zu bleiben, sagte ich, der Wärter war sehr freundlich. Die Wärter in diesem Museum sind alle sehr freundlich, sagte der Mann, wissen Sie das nicht? Ich trat hinter dem Bild hervor und näherte mich ihm. Kopieren Sie das Bild? fragte ich überflüssigerweise. Ich kopiere nur ein Detail, antwortete er, wie Sie sehen, ist es nur ein Detail, ich habe die Gewohnheit, nur Details zu kopieren. Ich betrachtete die Leinwand, die er bemalte, und sah, daß er ein Detail von der rechten Seitentafel kopierte, einen fetten Mann und eine alte Frau, die auf dem Rücken eines Fisches über den Himmel reiten. Die Leinwand, die er bemalte, war mindestens zwei Meter breit und einen Meter hoch, und Boschs Figuren erzeugten, derart vergrößert, einen höchst merkwürdigen Effekt: Ihre Monstrosität betonte die Monstrosität der Darstellung. Aber was machen Sie da? fragte ich verwundert, was machen Sie da? Ich kopiere ein Detail, sagte er, sehen Sie das nicht, ich kopiere einfach ein Detail, ich bin Kopist und kopiere Details. Ich habe noch nie ein derart vergrößertes Detail aus einem Gemälde Boschs gesehen, wandte ich ein, es ist monströs. Vielleicht, antwortete der Kopist, aber manchen gefällt's. Hören Sie, sagte ich, entschuldigen Sie meine Neugier, aber ich verstehe nicht, warum Sie so etwas machen, das ist doch unsinnig. Der Kopist legte den Pinsel weg und wischte sich die Hände an einem Tuch ab. Mein lieber Freund, sagte er, das Leben ist merkwürdig, und im Leben passieren merkwürdige Dinge, außerdem ist dieses Bild an und für sich merkwürdig und ruft merkwürdige Dinge hervor. Er trank einen Schluck Wasser aus einer Plastikflasche, die zu Füßen der Staffelei stand und sagte: Für heute habe ich genug gearbeitet, ich kann eine Pause machen, mich ein wenig mit Ihnen unterhalten, sind Sie ein Experte, der sich auf dieses Bild spezialisiert hat, sind Sie Kunstkritiker? Nein, antwortete ich, ich bin nur ein Liebhaber, ich kenne dieses Bild seit vielen Jahren, es hat einmal eine Zeit gegeben, in der ich es einmal pro Woche besichtigte, es ist ein Bild, das mich sehr fasziniert. Ich betrachte dieses Bild seit zehn Jahren, sagte der Kopist, ich arbeite seit zehn Jahren daran. Donnerwetter, sagte ich, zehn Jahre, das ist eine lange Zeit, was haben Sie in diesen zehn Jahren gemacht? Ich habe Details gemalt, sagte der Kopist, ich habe zehn Jahre lang Details gemalt. Das ist tatsächlich merkwürdig, sagte ich, entschuldigen Sie, aber das kommt mir wirklich merkwürdig vor. Der Kopist schüttelte den Kopf. Mir auch, sagte er, diese Geschichte hat vor genau zehn Jahren begonnen, damals war ich bei der Stadtverwaltung angestellt, ich arbeitete im Büro, aber ich hatte einen Kurs an der Kunstakademie besucht und immer schon gern gemalt, ich meine, ich malte gern, aber ich hatte nichts zu malen, mit einem Wort, mir fehlte die Inspiration, ohne Inspiration gibt es keine Malerei. Tja, stimmte ich zu, Malerei ohne Inspiration ist nichts, genausowenig wie die anderen Künste. Und da ich keine Inspiration besaß, aber gern malte, kam ich jeden Sonntag hierher ins Museum und machte mir einen Spaß daraus, ein Bild zu kopieren. Er nahm noch einen Schluck Wasser und fuhr fort: Eines Sonntags begann ich ein Detail dieses Bildes zu kopieren, für mich war es ein Spaß, nichts Besonderes, wissen Sie, mir gefallen Fische, und deshalb entschied ich mich für diesen Rochen, den man hier auf dem mittleren Bild sieht, sehen Sie den Rochen, der auf der Grille sitzt?

Auf der Grille, fragte ich, was erzählen Sie mir da? So

nennt man die rumpflosen Gestalten, die Bosch malte, sagte der Kopist, das ist ein Name aus der Antike, der von modernen Kritikern wie Baltrušaitis wiederentdeckt worden ist, aber eigentlich stammt er aus der Antike, Antiphilos hat ihn geprägt, denn er malte derartige Gestalten, rumpflose Wesen, nur Kopf und Arme. Der Kopist setzte sich auf seinen Klappsessel, der vor dem Bild stand, und sagte: Ich bin müde. Dann zog er eine Zigarette heraus und zündete sie an. Joaquim hat den Saal ja schon geschlossen, sagte er, jetzt kann ich eine Zigarette rauchen. Also, beharrte ich, Sie haben mir gerade von jenem Sonntag erzählt, an dem Sie begannen, einen Rochen zu malen. Ach ja, sagte er, ich habe begonnen, den Rochen zu malen, einerseits aus Spaß und andererseits, weil ich auf die Idee gekommen war, das Bild an ein Restaurant zu verkaufen, hin und wieder verkaufe ich ein Fischbild an das Restaurant A Fortaleza, ich weiß nicht, ob Sie es kennen, es ist ein Restaurant in Cascais, portugiesische und internationale Küche, mit großartigem Blick auf die Bucht, hin und wieder male ich ihnen ein Bildchen, inzwischen allerdings viel seltener, wie dem auch sei, es ist ein großartiges Restaurant, man ißt dort einen gedämpften Hummer, einfach göttlich, den dürfen Sie sich nicht entgehen lassen, wenn Sie nach Cascais kommen. Er holte ein Kärtchen aus der Tasche und gab es mir, es war die Visitenkarte des Restaurants. Mittwoch ist Ruhetag, fügte er hinzu. Ich warf einen raschen Blick auf das Kärtchen und fragte: Also, was ist mit dem Rochen? Gut, sagte er, ich malte gerade den Rochen, ich war fast fertig, die Kopie war sehr gut geworden, und ich wollte gerade die Staffelei zusammenklappen, als genau in dem Augenblick ein Ausländer, der mir beim Arbeiten zugesehen hatte, auf mich zukam und mich auf portugiesisch ansprach: Ich möchte Ihr Bild kaufen, ich zahle in Dollar. Ich sah ihn an und sagte: Dieses Bild habe ich für das Restaurant A Fortaleza in Cascais gemalt, tut mir leid. Tut mir ebenfalls leid, erwiderte er, aber dieses Bild haben Sie für meine Ranch in Texas gemalt, ich bin Francis Jeff Silver und besitze eine Ranch in Texas, die so groß ist wie Lissabon, in meinem Haus hängt kein einziges Bild, und ich bin verrückt nach Bosch, ich will dieses Bild für mein Haus. Der Kopist drückte die Zigarette auf dem Boden aus und sagte: So hat diese Geschichte begonnen. Ich verstehe nicht ganz, sagte ich, wie geht die Geschichte weiter? Ganz einfach, sagte er, der Texaner hat immer mehr Bilder bei mir bestellt, lauter Details, er wollte riesige Detailkopien der *Versuchung*, und ich begann, Details zu kopieren, seit zehn Jahren kopiere ich nun Details der *Versuchung*, wie ich Ihnen bereits sagte, das Haus des Texaners ist voller zwei Meter breiter Detailgemälde, stellen Sie sich vor, letzten Sommer habe ich ihn zu Hause besucht und er hat mir die Reise bezahlt, das können Sie sich gar nicht vorstellen, es ist ein riesiges Haus mit Tennisplätzen und zwei Schwimmbecken, ein Haus mit dreißig Zimmern, und es ist praktisch voller Detailgemälde aus Boschs *Versuchung*. Und Sie, fragte ich, was wollen Sie weiter tun? Fürs erste, sagte der Kopist, habe ich mich von der Stadtverwaltung pensionieren lassen, ich bin jetzt fünfundfünfzig und habe keine Lust mehr auf Büroarbeit, der Texaner zahlt mir ein gutes Gehalt, von dem ich leben kann, und ich glaube, mindestens zehn Jahre habe ich noch Arbeit, jetzt möchte er, daß ich auch die Rückseite der Tafeln kopiere, immer nur Details, ich habe noch viel zu malen. Sie kennen dieses Bild also in- und auswendig, sagte ich. Ich kenne dieses Bild wie meine Westentasche, sagte er, sehen Sie zum Beispiel, was ich gerade male? Also, bisher sagten die Kritiker, dieser Fisch sei ein Barsch, aber dieser Fisch ist kein Barsch, gestatten Sie, daß ich es Ihnen sage, dieser Fisch ist eine Schleie. Eine Schleie, fragte ich, eine Schleie ist doch ein Süßwasserfisch, oder nicht? Eine

Schleie ist ein Süßwasserfisch, bestätigte er mir, sie lebt in Sümpfen und in Gräben, sie liebt den Schlamm, sie ist der fetteste Fisch, den ich je in meinem Leben gegessen habe, in meinem Dorf gibt es Reisgericht mit Schleie, das vor Fett trieft, es erinnert ein wenig an ein Reisgericht mit Aal, ist aber viel fetter, man braucht einen ganzen Tag, um es zu verdauen. Der Kopist machte eine kurze Pause. Auf dem Rücken der fetten Schleie reiten diese beiden Figuren dem Teufel entgegen, sagte er, sehen Sie nicht, diese beiden treffen gleich den Teufel, Sie sind unterwegs, um irgendwo Schweinereien zu machen. Der Kopist öffnete ein Fläschchen Terpentin und begann sich sorgfältig die Hände zu säubern. Bosch hatte eine perverse Phantasie, sagte er, er hat diese Phantasie dem armen heiligen Antonius zugeschrieben, aber es ist die Phantasie des Malers, er ließ sich all die gräßlichen Dinge einfallen, das ist ganz klar, ich glaube, der arme heilige Antonius hätte sich nie so etwas vorgestellt, der heilige Antonius war ein einfacher Mensch. Aber er wurde in Versuchung geführt, warf ich ein, der Teufel hat ihm diese perversen Dinge eingeflüstert, Bosch malte den Sturm, der in der Seele des Heiligen losgebrochen war, er malte ein Delirium. Und trotzdem wurden diesem Bild früher wundertätige Kräfte nachgesagt, sagte der Kopist, die Kranken kamen zu ihm gepilgert und erwarteten sich ein Wunder, das ihren Leiden ein Ende bereitete. Der Kopist sah die Verwunderung auf meinem Gesicht und fragte: Haben Sie das nicht gewußt? Nein, antwortete ich, ehrlich gesagt, das habe ich nicht gewußt. Nun, sagte er, das Bild hing im Krankenhaus der Bruderschaft des heiligen Antonius in Lissabon, in einem Krankenhaus, in das vor allem Menschen mit Hautkrankheiten eingeliefert wurden, zumeist handelte es sich um Geschlechtskrankheiten und das schreckliche »Feuer des heiligen Antonius«, wie früher eine Art ansteckender Rotlauf genannt wurde und wie er auf dem Land noch immer genannt wird, das ist eine ziemlich scheußliche Krankheit, weil sie zyklisch auftritt, und die befallene Stelle ist voller widerwärtiger Bläschen, die sehr schmerzhaft sind, aber inzwischen hat diese Krankheit einen wissenschaftlichen Namen, es ist ein Virus, er heißt Herpes zoster. Mein Herz begann schneller zu schlagen, ich spürte, daß ich schwitzte, und ich fragte: Warum wissen Sie das alles? Sie dürfen nicht vergessen, daß ich seit zehn Jahren an diesem Bild arbeite, antwortete er, für mich besitzt es keine Geheimnisse mehr. Dann erzählen Sie mir von diesem Virus, sagte ich, was wissen Sie von diesem Virus? Es ist ein sehr merkwürdiges Virus, sagte der Kopist, wir tragen es alle in larviertem Zustand in uns, aber es bricht nur aus, wenn die körpereigenen Abwehrkräfte geschwächt sind, dann wird es virulent, danach klingt es ab und bricht zyklisch aus, schauen Sie, ich sage Ihnen etwas, ich glaube, Herpes ist ein wenig wie Reue, sie schlummert in uns, und eines Tages wird sie wach und beginnt zu nagen, danach klingt sie wieder ab, weil es uns gelungen ist, sie zu besänftigen, aber sie ist immer in uns, gegen Reue ist nichts zu machen.

Der Kopist begann, Palette und Pinsel zu säubern. Er bedeckte die Leinwand mit einem Tuch und bat mich, ihm dabei zu helfen, die Staffelei nach hinten an die Wand zu stellen. Gut, sagte er, ich glaube, für heute ist es genug, man soll ja auch nicht übertreiben, mein Mäzen will die Kopie bis Ende August, und ich denke, das schaffe ich, was meinen Sie? Ich glaube, Sie haben genug Zeit, antwortete ich, Sie sind schon sehr weit, das Bild ist so gut wie fertig. Bleiben Sie noch? fragte mich der Kopist. Nein, sagte ich, ich glaube nicht, ich glaube, ich habe dieses Bild nun lange genug gesehen, und vor allem habe ich heute Dinge darüber erfahren, von denen ich nicht die geringste Ahnung hatte, es hat jetzt für mich eine Bedeutung, die es davor nicht hatte. Ich gehe in Richtung der Rua do Alecrim, sagte der Kopist. Ausgezeichnet, antwortete ich, ich nehme am Cais do Sodré einen Zug nach Cascais, wir können miteinander gehen.

6.

Niederschlag und gleichzeitig eine Art Seil, sagte der Zugschaffner, haben Sie eine Ahnung, was das sein könnte? Der Zugschaffner setzte sich mir gegenüber und zeigte mir das Kreuzworträtsel in der Zeitung. Wie viele Buchstaben? fragte ich. Drei, sagte er. Tau, sagte ich, es wird Tau sein. Donnerwetter, Tau! rief der Zugschaffner aus, warum bin ich nicht drauf gekommen? Es ist schwierig, Kreuzworträtsel zu lösen, wenn sie einem solche Fallen stellen, sagte ich, es ist immer schwierig.

Der Waggon war leer, vielleicht war der ganze Zug leer, ich war wohl der einzige Passagier.

Sie haben Glück, daß Sie Kreuzworträtsel lösen können, stellte ich fest, heute ist niemand im Zug. Jetzt nicht, sagte er, aber warten Sie die Rückfahrt ab, da geht es rund. Wir fuhren gerade an Oeiras vorbei, und er zeigte mir den Strand, der vor Menschen wimmelte. Sand war keiner zu sehen, nur Körper, ein riesiger Fleischfleck, der den Strand füllte. Da geht es rund, wiederholte der Zugschaffner, alles wird darunter sein, Mädchen und Jungen, Krüppel und Blinde, Kinder und schwangere Frauen, Großväter und Großmütter, es wird die Hölle sein. Was wollen Sie, sagte ich, Sonntag ist nun mal so, da fahren alle an den Strand. Zu meiner Zeit war das anders, stellte der Zugschaffner fest, da verbrachte man die Ferien an einem kühlen Ort, man fuhr aufs Land, kehrte in sein Dorf zurück, das hieß Sommerfrische, heute gibt es das alles nicht mehr, alle wollen sich bräunen lassen, sie sind ganz verrückt nach der Hitze, sie liegen den ganzen Tag ausgestreckt im Sand und lassen sich rösten wie Sardinen, außerdem ist die Sonne schädlich, sie verursacht Hautkrebs, das steht sogar in der Zeitung, aber keiner kümmert sich darum. Der Zugschaffner seufzte und schaute aus dem Fenster. Wir waren am Alto da Barra angelangt, und man sah den Leuchtturm von Bugio mitten im Meer. Und sie trinken Coca-Cola, fügte er hinzu, den ganzen Tag trinken sie dieses Dreckszeug, ich weiß nicht, ob der Herr schon einmal am Montag vormittag am Strand von Oeiras war, da ist alles voller Hütchen, ein Teppich von Hütchen. Hütchen, sagte ich, was soll das sein? Es sind die Flaschendeckel, sagte der Zugschaffner, die Leute nennen sie so. Aha, sagte ich, man lernt nie aus. Und dann fragte ich: Darf ich rauchen, der Zug ist ja leer. Rauchen Sie, rauchen Sie, antwortete er, rauchen Sie, soviel Sie wollen, ich rauche ja auch. Wir zogen gleichzeitig ein Päckchen Zigaretten heraus, ich bot ihm eine an, und er bot mir eine an. Was raucht der Herr, fragte mich der Zugschaffner. Multifilter, antwortete ich, eine Marke, die man in Portugal nicht bekommt, sie schmecken nach nichts, man inhaliert praktisch Luft, auf dem Päckchen steht »activated charcoal filtration system«, das heißt, daß sie wenig Nikotin und wenig Teer enthalten, aber sie sind trotzdem Dreck, Rauchen verursacht Krebs, noch mehr als die Sonne. Alles verursacht Krebs, erwiderte der Zugschaffner, sogar das Unglück, ein Freund von mir ist an Krebs gestorben, weil er unglücklich war. Er nahm die Zigarette, die ich ihm hinhielt, und gab mir dafür eine der seinen. Ich rauche Português Suave, sagte er, davor rauchte ich Definitivos, aber die bekommt man heute kaum mehr, der Geschmack hat sich inzwischen sogar beim Rauchen verändert.

Ich hätte gern ein paar Augenblicke die Augen geschlossen, aber er redete weiter. Wir fuhren gerade an São Pedro vorbei, und er wies mich darauf hin. Sagen Sie mir einmal, ob man so etwas Scheußliches bauen darf, sagte er und zeigte auf die Häuser, die man durch das Fenster sah, haben Sie schon einmal so etwas Häßliches gesehen? Das ist wirklich erschreckend, bestätigte ich, aber wer hat erlaubt, diese Scheußlichkeiten zu bauen? Wissen Sie, sagte der Zugschaffner, die Gemeinden in Portugal sind sehr merkwürdig, sie beschäftigen Architekten, die gern Lego spielern, sie sind alle unfähig und halten sich noch dazu für modern. Ihnen gefällt die Moderne nicht, sagte ich, das habe ich bereits bemerkt. Ich verabscheue sie, antwortete er, ich finde das alles schrecklich, der gute Geschmack ist scheißen gegangen, verzeihen Sie den Ausdruck, aber haben Sie nicht den Minirock gesehen, finden Sie ihn nicht schrecklich, bei einem jungen Mädchen ist er vielleicht noch erträglich, aber bei einer dicken Frau, bei der man die häßlichen Knie sieht, ist er wirklich furchtbar, auf diese Weise verliert eine Frau das bißchen Anmut, das sie unter Umständen hat, es nimmt ihr das Geheimnis. Er senkte den Blick auf sein Kreuzworträtsel und sagte: Genau, das ist die Moderne: moderner Architekt, auf portugiesisch das Gegenteil von tief, von einem Stotterer ausgesprochen, ein Wort mit fünf Buchstaben. Aalto, sagte ich, das ist der Name eines finnischen Architekten, Alvar Aalto. Aalto, sagte er, das wird was Schönes sein! Nein, das stimmt nicht, sage ich, er hat in den fünfziger Jahren viel in Helsinki gebaut, und außerdem hat er fast überall in Europa wunderschöne Gebäude errichtet, mir gefällt er. Der Herr kennt Helsinki? fragte er. Ja, antwortete ich, das ist eine merkwürdige Stadt, eine Stadt ganz aus Backstein, mit Gebäuden, die von Alvar Aalto errichtet wurden, und rundherum sind Wälder. Und die Leute, fragte er, wie sind die Leute? Sie lesen viel und trinken viel, sagte ich, es sind sympathische Leute, ich mag Leute, die zu trinken verstehen. Dann mögen Sie auch die Portugiesen, sagte er, was nicht ganz unlogisch war.

Der Zug fuhr in Cascais ein. Schön, nicht wahr? sagte der Zugschaffner und zeigte auf das Hotel Estoril Sol. Modern, sagte ich, sehr modern und schon wieder alt. Und dann fragte ich: Glauben Sie, daß ein Taxi zum Guincho mehr als fünfhundert Escudos kostet? Bestimmt nicht, sagte er, Taxis sind in Portugal ja so billig, Sie als Ausländer müßten das eigentlich wissen, hören Sie, ich erzähle Ihnen eine Geschichte, ich habe Portugal ein einziges Mal verlassen und bin in die Schweiz gefahren, um meinen Sohn zu besuchen, der in Genf lebt, er wohnt außerhalb der Stadt, ich habe ein Taxi genommen und dafür das ganze Geld ausgegeben, das ich aus Portugal mitgenommen hatte, apropos, sind Sie Schweizer? Schweizer, rief ich aus, wie kommen Sie darauf, ich bin Italiener. Aber eigentlich sind Sie Portugiese, sagte er, Sie leben schon lang hier, nicht wahr? Nein, sagte ich, aber wahrscheinlich habe ich einen portugiesischen Vorfahren, den ich nicht kenne, ich glaube, Portugal ist meinem genetischen Code eingeschrieben. Genetischer Code, wiederholte der Zugschaffner, diesen Ausdruck habe ich im *Diário de Notícias* gelesen, das ist dieses Zeug mit den Zeichen darin, den Plus- und den Minuszeichen, nicht wahr? Mehr oder weniger, sagte ich, aber um ehrlich zu sein, weiß ich auch nicht, was der genetische Code ist, ich glaube, es ist der Charakter, es kommt mir einfacher vor, ihn als Charakter zu bezeichnen. Charakter ist ein Wort, das mir gefällt, sagte der Zugschaffner, meine Frau sagt immer, ich habe einen guten Charakter, was meinen Sie? Ich glaube, Sie haben einen hervorragenden Charakter, sagte ich, es hat mir großen Spaß gemacht, mit Ihnen zu sprechen, ohne unsere Unterhaltung wäre meine Reise sehr langweilig gewesen.

Die Alte erschien an der Tür und sah mich argwöhnisch an. Guten Abend, sagte ich, ich bin gekommen, um das Haus zu sehen, ich wollte das Haus besichtigen, sofern ich Sie nicht störe. Mein Haus, fragte die Alte verblüfft, verständnislos. Nein, erklärte ich, nicht Ihr Haus, das große Haus, das Haus beim Leuchtturm. Die Villa ist geschlossen, sagte die Alte geduldig, niemand wohnt dort mehr, sie ist seit vielen Jahren geschlossen. Ich weiß, sagte ich, deshalb wollte ich sie sehen, ich bin extra aus Lissabon gekommen, schauen Sie, da steht das Taxi, das auf mich wartet. Ich zeigte ihr das Taxi, das auf der anderen Seite der Straße stand, damit sie begriff, daß ich die Wahrheit sagte. Das Haus ist geschlossen, wiederholte die Alte, tut mir leid, aber das Haus ist geschlossen. Sind Sie die Portiersfrau? fragte ich. Nein, sagte sie, ich bin die Frau des Leuchtturmwächters, aber wenn ich Zeit habe, kümmere ich mich auch um die Villa, hin und wieder lüfte ich ein wenig und mache sauber, Sie wissen ja, hier am Meer geht alles kaputt, Fenster und Möbel, und außerdem kümmern sich die Besitzer nicht darum, die Besitzer wohnen nicht hier, sie leben im Ausland, es sind Araber. Araber! rief ich aus, das Haus gehört jetzt Arabern? Nun ja, sagte die Frau des Leuchtturmwächters, der vorletzte Besitzer, der es den ursprünglichen Eigentümern um ein Butterbrot abgekauft hatte, wollte ein Hotel daraus machen, aber seine Firma ist in Konkurs gegangen, er war offenbar ein Taugenichts, zumindest sagt das mein Mann, also hat er es an die Araber verkauft. Araber, sagte ich, ich hätte mir nie träumen lassen, daß dieses Haus eines Tages Arabern gehören würde. Dieses Dorf wird ausverkauft, sagte die Frau des Leuchtturmwächters, wissen Sie nicht, daß die Ausländer alles kaufen? Doch, sagte ich, leider, aber was machen die Araber mit diesem Haus? Nun, sagte die Frau des Leuchtturmwächters, ehrlich gesagt, ich glaube, sie warten darauf, daß es einstürzt, solange es steht, erlaubt ihnen die Gemeinde nicht, ein Hotel daraus zu machen, aber sobald es eingestürzt ist, sieht die Sache anders aus, dann bauen sie ein schönes neues Gebäude darüber. Und stürzt es wirklich ein? fragte ich. Stellen Sie sich vor, sagte die Frau des Leuchtturmwächters, als es im April den Sturm gab, ist das Dach heruntergefallen, zwei Zimmer sind jetzt abgedeckt, die Zimmer zum Meer hin sind in einem er-

schreckenden Zustand, ich habe Angst, diesen Winter
bricht das ganze obere Stockwerk ein. Genau deshalb bin
ich gekommen, warf ich, die Gelegenheit nutzend, schnell
ein, um das Haus zu sehen, bevor es einstürzt. Will der
Herr es kaufen? fragte mich die Frau des Leuchtturmwächters. Nein, sagte ich, ich weiß nicht recht, wie ich es Ihnen
erklären soll, aber ich habe ein Jahr in diesem Haus ge-
wohnt, vor vielen Jahren, als Sie noch nicht da waren. Das
muß vor einundsiebzig gewesen sein, sagte die Frau des
Leuchtturmwächters, wir sind einundsiebzig gekommen,
davor waren wohl Vitalina und Francisco da. An Vitalina
und Francisco erinnere ich mich gut, sagte ich, sie waren in
dem Jahr, in dem ich hier wohnte, da, Vitalina kümmerte
sich um das Haus und kochte, ihr *arroz de tamboril* war
einzigartig, was ist aus ihnen geworden? Francisco ist an
Zirrhose gestorben, sagte die Frau des Leuchtturmwächters, Francisco hat ja soviel getrunken, er war ein Cousin
ersten Grades meines Mannes, und Vitalina lebt jetzt mit
ihrem Sohn in Cabo da Roca. Lauter Leuchtturmwächter
in der Familie, sagte ich. Lauter Leuchtturmwächter, sagte
sie, auch Vitalinas Sohn ist Leuchtturmwächter in Cabo da
Roca, aber jetzt verdient man ja gut, ich glaube, Vitalina
geht es jetzt viel besser als damals, als Francisco noch
lebte, das war kein Leben mit ihm, immer betrunken,
manchmal mußte sie hinauf in den Leuchtturm gehen, weil
er nicht dazu in der Lage war. So war es, sagte ich, einmal
kam sie sogar und bat mich um Hilfe, es war eine regneri-
sche, nebelige Nacht, Francisco lag betrunken im Bett,
und Vitalina kam und weckte mich auf, sie wollte den
Funk in Betrieb nehmen, schaffte es jedoch nicht, ich verbrachte die ganze Nacht bei ihr im Leuchtturm. Arme
Vitalina, sagte die Frau des Leuchtturmwächters, sie hat
viel mitgemacht in ihrem Leben, es ist ein Elend, wenn
ein Mann nur ans Trinken denkt. Aber Francisco war ein

netter Kerl, sagte ich, ich glaube, er hat seine Frau sehr gern gemocht. Gemocht hat er sie schon, sagte die Frau des Leuchtturmwächters, er hat sie nie geschlagen, aber jeden Abend lag er flach auf dem Boden, weil er so betrunken war.

Der Taxifahrer hupte, um in Erfahrung zu bringen, was ich vorhatte. Ich machte ihm ein Zeichen, daß er warten solle, und fragte die Frau des Leuchtturmwächters: Zeigen Sie mir nun das Haus oder nicht? Natürlich, sagte sie, aber wir müssen uns beeilen, denn danach kommt mein Sohn mit seiner Familie, heute hat meine Enkelin Geburtstag, und ich muß das Abendessen fertigmachen. Ist mir recht, sagte ich, dann gehe ich danach zum Bahnhof von Cascais, ich muß um neun in Lissabon sein. Die Frau des Leuchtturmwächters entschuldigte sich und verschwand im Hausinneren. Sie kam mit einem Schlüsselbund zurück und sagte, wir könnten gehen. Wir überquerten den Vorplatz und erreichten die Loggia. Das ist jetzt der Eingang, sagte die Frau des Leuchtturmwächters, zu Ihren Zeiten ging man bestimmt durch die Verandatür hinein, aber die Tür ist inzwischen ausgehängt, und die Glasscheiben sind alle zerbrochen. Wir gingen hinein, und ich erkannte sofort den Geruch des Hauses. Es war ein Geruch, der entfernt an den der Pariser Metro im Winter erinnerte, eine Mischung aus Schimmel, Lack und Mahagoni, ein Geruch, den nur dieses Haus besaß, und die Erinnerung kehrte zurück. Wir betraten den großen Saal, und ich sah das Klavier. Es war mit einem Laken verhüllt, aber ich hatte trotzdem Lust, mich hinzusetzen. Entschuldigen Sie, sagte ich, aber ich muß etwas spielen, ich beeile mich, schon weil ich eigentlich gar nicht spielen kann. Ich setzte mich hin und klimperte mit einem Finger, wobei ich mich zu erinnern versuchte, das Motiv eines Nocturnos von Chopin. Andere Hände hatten in einer anderen Zeit diese Melodie gespielt.

Ich erinnerte mich an die Nächte, als ich oben in meinem Zimmer war und den Nocturnos von Chopin lauschte. Es waren einsame Nächte, das Haus lag im Nebel, die Freunde blieben in Lissabon und ließen sich nicht blicken, sie riefen nicht einmal an, kein einziger, ich schrieb und fragte mich, warum ich schrieb, meine Geschichte war eine alberne Geschichte, eine Geschichte, die keine Lösung hatte, wie war ich bloß auf die Idee gekommen, so eine Geschichte zu schreiben, warum schrieb ich sie ausgerechnet hier? Und außerdem: diese Geschichte veränderte mein Leben, es hatte sich bereits verändert, wenn ich sie fertig geschrieben hätte, würde es nicht mehr dasselbe sein. Das sagte ich mir insgeheim, während ich mich oben einschloß und diese alberne Geschichte schrieb, eine Geschichte, die danach jemand tatsächlich nachahmen, auf die Ebene der Wirklichkeit übertragen sollte. Und ich wußte es nicht, ahnte es jedoch, ich weiß nicht, warum ich ahnte, daß man Geschichten wie diese nicht schreiben sollte, denn es gibt immer jemanden, der danach die Fiktion nachahmt, dem es gelingt, sie in Wirklichkeit zu verwandeln. Und so geschah es tatsächlich. Noch im selben Jahr imitierte jemand meine Geschichte, oder besser gesagt, die Geschichte wurde zu Fleisch und Blut, sie verwandelte sich, und ich mußte diese alberne Geschichte noch einmal erleben, aber diesmal in Wirklichkeit, diesmal waren die Figuren nicht aus Papier, sondern Menschen aus Fleisch und Blut, diesmal entwikkelte sich meine Geschichte Tag für Tag, und ich verfolgte sie auf dem Kalender, so begierig, daß ich sie hätte voraussagen können.

War es ein gutes Jahr? fragte mich die Frau des Leuchtturmwächters, ich meine, haben Sie sich wohl gefühlt in diesem Haus? Es war ein etwas verhextes Jahr, antwortete ich, ein Zauber hat es mir verdorben. Der Herr glaubt an Zauberei? fragte mich die Frau des Leuchtturmwächters, für gewöhnlich glauben Leute wie Sie nicht an so was, sie halten es für einen Aberglauben des Volkes. Oh, ich glaube daran, antwortete ich, zumindest an bestimmte Zauber, wissen Sie, man darf den Dingen nicht vormachen, wie sie sich zu ereignen haben, sonst passieren sie wirklich. Als mein Sohn im Krieg in Guinea war, ging ich zu einer Zauberin, sagte die Frau des Leuchtturmwächters, ich war sehr besorgt, weil ich einen Traum gehabt hatte, ich hatte geträumt, daß er nicht mehr zurückkam, ich wollte wissen, ob er zurückkommen würde oder nicht, also habe ich mit meinem Mann gesprochen und zu ihm gesagt: Hör zu, Armando, du mußt mir Geld geben, weil ich zu einer Zauberin gehen will, ich habe einen Alptraum gehabt, ich will wissen, ob er zurückkommt oder nicht, kurz und gut, ich bin zu der Zauberin gegangen, und sie hat mir die Karten gelegt, dann hat sie eine Karte umgedreht und gesagt: Ihr Sohn kommt zurück, aber verstümmelt, und Pedro ist mit nur einem Arm zurückgekommen. Die Frau des Leuchtturmwächters öffnete eine Glastür und sagte: Das ist das Speisezimmer, hat der Herr hier gespeist?

Das Speisezimmer war noch genau wie früher: der kleine Kamin, die Anrichte, das Möbel im indo-portugiesischen Stil, der große Tisch aus dunklem Holz. Genau hier, sagte ich, ich saß hier, auf diesem Platz, zu meiner Rechten saß eine Frau, und rundherum saßen meine Freunde. Und Vitalina hat serviert? fragte die Frau des Leuchtturmwächters. Ja, bestätigte ich, das heißt, sie kam aus der Küche und stellte die Servierplatte mitten auf den Tisch, wir bedienten uns selbst, Vitalina machte es keinen Spaß, zu servieren, sie kochte lieber, abgesehen vom *arroz de tamboril* konnte sie auch eine wunderbare *açorda de mariscos* zubereiten, aber ihre Spezialität war Suppe auf Alentejo-Art. Wissen Sie, daß ich heute eine Menge Leute aus dem Alentejo getroffen habe, erst jetzt stelle ich fest, daß ich den ganzen Tag fast nur Leute aus dem Alentejo getroffen habe. Die Menschen aus dem Alentejo sind sehr stolz, stellte die Frau des Leuchtturmwächters fest, aber ich mag sie, das heißt, eigentlich habe ich nichts mit ihnen zu tun, ich bin aus Viana do Castelo, ich habe einen ganz anderen Charakter, aber die Menschen aus dem Alentejo sind mir sympathisch. Die Frau des Leuchtturmwächters wischte mit der Schürze die Staubschicht auf der Anrichte weg. Möchten Sie auch das obere Stockwerk sehen? fragte sie mich. Wenn es Ihnen nichts ausmacht, sagte ich. Geben Sie auf die Stufen acht, sagte sie, sie sind sehr rutschig, weil das Holz morsch ist, ich gehe voraus.

Ich öffnete die Tür zum Schlafzimmer, blickte zur Decke und sah den Himmel. Es war ein tiefblauer, durchsichtiger Himmel, der den Augen weh tat. Es war eine unwirkliche Situation: das Zimmer mit dem Bett, dem Schrank und den Nachtkästchen, das so gut wie kein Dach hatte. Hier ist es gefährlich, sagte die Frau des Leuchtturmwächters, das Stückchen Dach, das übriggeblieben ist, kann jeden Augenblick einstürzen, Sie dürfen hier nicht bleiben. Nur einen Augenblick, sagte ich, es wird ja nicht ausgerechnet jetzt einstürzen. Ich streckte mich auf dem Bett aus und bat um Entschuldigung. Hören Sie, Entschuldigung, sagte ich, aber ich muß mich einen Augenblick in dieses Bett legen, sagen wir, es ist ein Abschied, ich lege mich zum letztenmal in dieses Bett. Als sie mich auf dem Bett liegen sah, verließ die Frau des Leuchtturmwächters diskret das Zimmer, und ich begann den Himmel zu betrachten. Wie merkwürdig, als ich jung war, hatte ich immer gedacht, dieses Blau wäre mein, gehörte mir, jetzt hingegen war es ein übertriebenes und fernes Blau, wie eine Halluzination, und ich dachte: Es ist nicht wahr, es kann nicht wahr sein, daß ich noch einmal in diesem Bett liege und anstatt die Decke zu betrachten, wie ich es in vielen anderen Nächten getan habe, einen Himmel sehe, der früher einmal mir gehört hat. Ich stand auf und ging zu der Alten, die im Gang auf mich wartete. Eine letzte Bitte, sagte ich, ich möchte noch ein anderes Zimmer sehen. Das Gästezimmer gibt es nicht mehr, sagte die Frau des Leuchtturmwächters, als das Dach eingestürzt ist, wurde es völlig zerstört, mein Mann hat alle Möbel weggeräumt. Ich möchte nur einen Blick darauf werfen, sagte ich. Aber hineingehen dürfen Sie nicht, sagte die Frau des Leuchtturmwächters, mein Mann sagt, sogar der Boden ist einsturzgefährdet. Sie öffnete die Tür, und ich warf einen Blick hinein. Das Zimmer war ganz leer, und das Dach war völlig verschwunden. Durch das Fenster sah man den Leuchtturm. Mein Mann ist oben, sagte die Frau des Leuchtturmwächters, aber inzwischen ist er wahrscheinlich eingeschlafen, um diese Zeit hat er nichts zu tun, aber er ist ein Dickkopf, anstatt zu Hause zu bleiben, geht er zum Schlafen in den Leuchtturm. Wissen Sie, was ich früher mit dem Leuchtturm machte? sagte ich, hören Sie, ich erzähle es Ihnen jetzt, ich machte ein Spiel, hin und wieder, wenn ich nicht schlafen konnte, ging ich in dieses Zimmer und setzte mich ans Fenster, der Leuchtturm hat drei Scheinwerfer, die abwechselnd blinken, einen weißen, einen grünen und einen roten, ich spielte mit den Scheinwerfern, ich hatte ein Lichtalphabet erfunden und unterhielt mich mit Hilfe des Leuchtturms. Und mit wem unterhielten Sie sich, fragte die Frau des Leuchtturmwächters. Nun, sagte ich, ich unterhielt mich mit gewissen unsichtbaren Wesen, damals schrieb ich gerade eine Geschichte, sagen wir, ich unterhielt mich mit Gespenstern. Großer Gott! rief die Frau des Leuchtturmwächters aus, der Herr hat den Mut, sich mit Gespenstern zu unterhalten? Ich hätte es niemals tun dürfen, sagte ich, ich würde niemandem raten, sich mit Gespenstern zu unterhalten, das ist etwas, was man nicht tun soll, aber hin und wieder geht es nicht anders, ich kann es Ihnen nicht erklären, das ist einer der Gründe, warum ich hier bin.

Die Frau des Leuchtturmwächters begann die Treppe hinunterzugehen und sagte noch einmal zu mir, ich solle achtgeben. Wir traten auf den Vorplatz hinaus, und sie schloß die Tür. Nochmals vielen Dank, sagte ich, passen Sie auf sich auf, grüßen Sie Ihren Mann von mir. Darf ich Ihnen bei mir zu Hause etwas anbieten? fragte sie, ich habe Kirschen da, die ich selbst eingelgt habe. Danke, sagte ich, aber nicht mehr als eine, ich muß mich beeilen, Sie müssen mich entschuldigen, ich muß zum Zug, denn ich muß um neun in Lissabon sein.

7.

A LLE FÜR DEN ALENTEJO / DER ALENTEJO FÜR DAS VA-
TERLAND, lautete die Aufschrift an der Tür. Ich ging
die breite Treppe hinauf und gelangte in einen geräumigen
Patio in arabischem Stil, mit einem Brunnen, einer Glastür
und ein paar Marmorsäulen, die von roten Lämpchen, wie
sie in Sakristeien verwendet werden, beleuchtet wurden. Es
war ein Raum von grotesker Schönheit, und erst jetzt begriff ich, warum ich das Treffen mit Isabel ausgerechnet
hier vereinbart hatte: weil es ein grotesker Ort war. Ich
ging weiter und sah, daß ganz hinten ein Lesesaal war, mit
Tischchen und Zeitungen, die in Holzrahmen steckten,
wie in einem englischen Club. Der Saal war jedoch leer. Ich
warf einen Blick auf die Uhr und stellte fest, daß ich bis
zum Treffen noch jede Menge Zeit hatte. Ich ging ruhigen
Schritts durch den Patio. Ich sah verschiedene Türen und
öffnete eine aufs Geratewohl. Dahinter lag ein riesiger, im
Stil des achtzehnten Jahrhunderts getäfelter Raum mit großen Glastüren, über denen sich halbmondförmige Fresken
befanden. Es war ein Speisesaal, ein monumentaler Saal
mit gedeckten Tischen und einem gebohnerten Parkettbo-
den. Auf der einen Seite des Saals befand sich eine Art kleiner Bühne, ein winziger Vorhang aus rotem Samt, der
einen von zwei Säulen begrenzten Raum verdeckte, über
dem sich zwei Kariatyden aus gelbem Holz befanden, zwei
nackte Figuren, die ich für unanständig hielt, ich weiß
nicht, warum, vielleicht waren sie es wirklich. Ich schloß
die Tür zum Speisesaal und kehrte in den Patio zurück. Die
Nacht war warm und feucht, es wehte ein laues Lüftchen,
das nach Meer roch. Ich öffnete eine andere Tür und betrat
den Billardsaal. Es war ein geräumiger, kühler Saal dessen
Wände mit Stoff tapeziert waren. Ein Mann in enganliegen-
der schwarzer Jacke und Fliege spielte ganz allein. Als er
mich sah, hielt er inne, stellte das Queue auf den Boden
und sagte: Guten Abend, willkommen. Sind Sie ein Mit-

glied? fragte ich. Der Mann lächelte, rieb die Spitze seines Queues mit Kreide ein und erwiderte: Und der Herr, ist der Herr ein Mitglied? Ich nicht, antwortete ich, ich bin ein Besucher, ein einfacher Gast. Dieses Haus ist Mitgliedern vorbehalten, sagte er, ich bin der Maître, aber Sie haben gut daran getan, hereinzukommen, heute ist niemand da, ich war den ganzen Tag allein hier drinnen, endlich sehe ich ein menschliches Gesicht.

Er war ein ungefähr sechzigjähriger, kleiner Mann mit weißen Haaren und eleganter Haltung, er hatte helle Augen und ein sympathisches Gesicht. Ich bin hier um neun mit jemandem verabredet, sagte ich, es war eine dumme Idee, ich bin kein Mitglied und war noch nie zuvor hier, und die Person, die herkommen soll, gehört meiner Erinnerung an. Der Maître der Casa do Alentejo lehnte das Queue an den Billardtisch und lächelte ein melancholisches Lächeln. Kein Problem, sagte er, das paßt hervorragend hierher, dieser Club ist nur eine Erinnerung. Entschuldigen Sie, sagte ich, aber was hat das alles mit dem Alentejo zu tun? Der Maître der Casa do Alentejo lächelte aufs neue und sagte: Das ist eine lange Geschichte, dieses Haus wurde von Landbesitzern aus dem Alentejo gegründet, von Leuten, die Land und Kapital besaßen und eine europäische Dimension anstrebten, die meinten, Lissabon solle sein wie London oder Paris, vor langer Zeit, als Sie noch gar nicht geboren waren, kamen alle mit ihren ausländischen Freunden zum Billardspielen her, andere Zeiten, inzwischen ist es hier ganz anders, das Publikum hat sich verändert, aber das Haus ist geblieben, hin und wieder kommt noch ein altes Mitglied aus dem Alentejo, aber nur ganz selten, das ist ein Ort der Erinnerungen. Der Maître der Casa do Alentejo lächelte aufs neue sein melancholisches Lächeln. Wenn Sie zu Abend essen wollen, haben Sie keine große Auswahl, sagte er, der Koch hat heute nur ein einziges Gericht zubereitet, ein hervorragendes Gericht allerdings, ein *ensopado de borreguinho à moda de Borba*. Danke, antwortete ich, aber ich weiß nicht, ob ihr hier esse, im Augenblick habe ich keinen Hunger, vielleicht trinke ich nur etwas, aber erst später. Sie schätzen die Küche des Alentejo nicht sehr, sagte er, das habe ich bereits bemerkt. Ganz im Gegenteil, sagte ich, ich bin begeistert von der Art, wie man im Alentejo Wild und Geflügel zubereitet, in Elvas habe ich einmal einen gefüllten Truthahn gegessen, hervorragend, der beste Truthahn, den ich in meinem Leben gegessen habe. Ich bin ganz Ihrer Meinung, stimmte mir der Maître der Casa do Alentejo zu, aber was mich anbelangt, ziehe ich Suppen vor, ich weiß nicht, ob Ihnen die *poejada* schmeckt, es gibt zwei Arten, die *poejada* zuzubereiten, entweder mit frischem Käse oder mit Eiern, wie man es im Unteren Alentejo macht, ich komme aus dem Unteren Alentejo, wenn ich an meine Kindheit denke, fällt mir sofort *poejada* mit Eiern ein, wie sie meine Großmutter zubereitete, auch unser Koch macht sie, aber Sie wissen ja, hier in der Stadt schmecken die Dinge anders, die Art zu kochen ist immer ein wenig überfeinert, deshalb hat sie fast nichts mehr mit der *poejada* zu tun, sie ist fast eine *potage* für feine Leute. Die Dinge der Kindheit kehren nicht wieder, sagte ich, es liegt vor allem daran. Ach ja, sagte er, es hat keinen Sinn, sich Illusionen zu machen.

Der Maître der Casa do Alentejo rieb die Spitze seines Queues aufs neue mit Kreide ein. Spielen Sie gerne Billard? fragte er mich. Ja, antwortete ich. Warum machen wir dann keine Partie? sagte er. Einverstanden, sagte ich, aber nur eine kleine Partie, dann muß ich an die Bar gehen und auf die Person warten, mit der ich verabredet bin. Der Maître der Casa do Alentejo gab mir ein Queue, ordnete sorgfältig die Kugeln an und sagte: Spielen wir, wie man früher spielte, inzwischen spielen alle auf amerikanische Art, mit einem Haufen Kugeln, ich halte das für eine Barbarei. Ich auch, stimmte ich zu.

Der Maître der Casa do Alentejo führte den ersten Stoß aus und rieb die Spitze seines Queues aufs neue mit Kreide ein. Er spielte präzise, wissenschaftlich, mit raschen, berechnenden Blicken, die den Billardtisch abzumessen schienen. Und er bewegte sich mit sparsamen, auf das Notwendigste beschränkten Bewegungen: Er winkelte ein wenig den Ellbogen ab, hob kaum merklich die Schulter, wobei er Arm und Schulter so gut wie nicht bewegte. Sie sind ein Profi, stellte ich fest, da habe ich mich auf was Schönes eingelassen. Der Maître der Casa do Alentejo lächelte sein melancholisches Lächeln. Endlose Nachmittage und Abende habe ich hier allein verbracht, sagte er, und allein gespielt, das ist mein Leben.

Ich begriff, daß ich mich in eine schwierige Situation gebracht hatte. Die Kugel lag genau zwischen meiner Kugel und der seinen, unmöglich, sie zu treffen, ich hätte einen Trick anwenden oder mir hätte ein besonders guter Stoß gelingen müssen. Ich zündete mir eine Zigarette an und studierte die Situation. Sieht so aus, als säße ich in der Falle, sagte ich, aber ich will mich nicht geschlagen geben, erlauben Sie mir eine Karambolage? Gewiß erlaube ich sie Ihnen, sagte der Maître der Casa do Alentejo spöttisch, nur das Tuch dürfen Sie nicht zerreißen, sonst müssen Sie es bezahlen. Gut, sagte ich, dann versuche ich es also. Ich rauchte in aller Ruhe meine Zigarette fertig und dreht eine halbe Runde um den Billardtisch, um von der anderen Seite zu sehen, in welche Richtung meine Kugel rollen mußte. Ich würde Ihnen gern einen Vorschlag machen, sagte der Maître der Casa do Alentejo. Ich sah ihn an, lehnte das Queue an den Tisch und zog meine Jacke aus. Reden Sie, sagte ich, bitte. Diese Partie ist eine Wette wert, sagte er, ich habe eine Flasche Portwein hier, Jahrgang zweiundfünfzig, außerdem glaube ich, es ist an der Zeit, sie zu öffnen, wenn der Herr gewinnt, spendiere ich sie, wenn er verliert, spendiert sie der Herr. Ich rechnete schnell nach, was ein Portwein Jahrgang zweiundfünfzig kosten mochte und wieviel Geld ich noch hatte: Ich war gewiß nicht in der Lage zu wetten, ich hatte nicht genug Geld. Der Maître der Casa do Alentejo sah mich herausfordernd an. Trauen Sie sich nicht? fragte er. Aber natürlich, antwortete ich, auf nichts habe ich heute abend mehr Lust als darauf, einen Portwein Jahrgang zweiundfünfzig zu trinken. Dann entschuldigen Sie mich, sagte der Maître der Casa do Alentejo und machte sich auf die Suche nach der Flasche. Ich setzte mich auf einen Sessel und rauchte weiter. Ich hätte gern nachgedacht, aber gleichzeitig wollte ich auch nicht. Ich wollte nur dasitzen, rauchen, den Billardtisch betrachten mit dem merkwürdigen geometrischen Muster, das die Kugeln auf dem Tuch bildeten und über das ich siegen mußte. Die merkwürdige Kurve, die meine Kugel würde ziehen müssen, um die Kugel meines Gegners zu berühren, schien mir ein Vorzeichen zu sein: Es war eindeutig, die unmögliche Bahn, die meine Kugel auf dem Billardtisch durchlaufen mußte, war identisch mit der Bahn, die ich an diesem Abend, in dieser Nacht durchlief, und so schloß ich eine Wette mit mir selbst ab, aber eigentlich war es keine Wette, sondern vielmehr eine Beschwörung, ein Exorzismus, eine Bitte ans Schicksal, und ich dachte: Wenn es mir gelingt, taucht Isabel auf, wenn nicht, sehe ich sie nie wieder.

Der Maître der Casa do Alentejo kam mit einem Silbertablett zurück, auf dem eine Flasche und zwei Gläser standen, und stellte es auf das Tischchen neben dem Billardtisch. Gut, sagte er, trinken wir ein Glas, bevor Sie es versuchen, der Herr braucht ein Stärkungsmittel. Er öffnete vorsichtig und sachkundig die Flasche und entfernte sorgfältig die Korkreste vom inneren Rand des Flaschenhalses, die am Glas klebengeblieben waren. Er füllte die Gläser und hielt mir das Tablett hin. Der Maître der Casa do Alentejo agierte mit unbestreitbarer Kompetenz, seine Professionalität wirkte übertrieben in einer Situation, die eher eine gewisse Komplizenschaft und Herzlichkeit erfordert hätte, wenn nicht gar ein insgeheimes Einverständnis. In seinem Verhalten und in seinen Gesten lag nichts davon, sondern viel mehr eine professionelle Höflichkeit, die die Spannung des Augenblicks noch betonte. Er hob das Glas, und ich sagte: Wissen Sie, ich habe zwei Wetten abgeschlossen, eine wirkliche mit Ihnen und eine im Geist mit mir selbst, trinken wir auf meine im Geist abgeschlossene Wette, wenn es Ihnen nichts ausmacht. Auf Ihre im Geist abgeschlossene Wette, sagte er ernst, und dann fügte er hinzu: Wenn Sie wüßten, wie lange ich schon diese Flasche öffnen wollte, aber es hat sich nie die ideale Situation ergeben.

Es war ein wunderbarer Portwein, nur ein klein wenig herb und mit intensivem Bouquet. Der Maître der Casa do Alentejo füllte aufs neue die Gläser und sagte: Noch ein Schluck, ich glaube, der Augenblick erfordert noch einen Schluck. Arbeiten Sie schon lange hier? fragte ich. Fünf Jahre, sagte er, davor arbeitete ich im Tavares, ich habe mein Leben unter reichen Leuten verbracht, es ist öde, immer unter Reichen zu leben und selbst nicht reich zu sein, denn man nimmt ihre Mentalität an, paßt aber nicht zu ihnen, ich hätte auf jeden Fall die Mentalität, um als Reicher zu leben, aber mir fehlen die Mittel, ich habe nur die Mentalität. Ich glaube, das reicht in der Tat nicht, sagte ich. Diesen Wein trinke ich auf jeden Fall ihnen zum Trotz, fuhr der Maître der Casa do Alentejo fort, ihnen zum Trotz, verzeihen Sie mir die Frechheit. Ich sehe darin keine Frechheit, sagte ich, wenn Sie den Reichen zum Trotz trinken wollen, haben Sie jedes Recht dazu. Wissen Sie, was mein Fehler ist? fragte er. Daß ich in meinem ganzen Leben nie auf das alles pfeifen habe können, ich habe immer dieses und jenes zu wichtig genommen, ich habe immer die Reichen zu wichtig genommen, wie es ihnen ging, ob sie gut bedient wurden, ob sie gut aßen, ob sie gut tranken, ob sie sich wohl fühlten, was für ein Schwachsinn, die Reichen werden immer gut bedient, essen immer gut, trinken immer gut, fühlen sich immer wohl, ich war ein Dummkopf, daß ich mich immer um sie sorgte, aber jetzt ändere ich meine Haltung, ich ändere meine Mentalität, sie sind reich und ich nicht, und das muß ich mir einprägen, ich habe nichts mit ihnen gemein, auch wenn ich in ihrer Welt gelebt habe, haben wir nichts miteinander zu tun. Das nennt man Klassenbewußtsein, sagte ich, ich glaube, man kann es so bezeichnen. Ich weiß nicht, was das ist, sagte er nachdenklich, es ist etwas Politisches, und von Politik verstehe ich wenig, ich hatte nie Zeit für Politik, ich habe das ganze Leben gearbeitet.

Der Maître der Casa do Alentejo füllte die Gläser aufs neue und führte das seine mit niedergeschlagener Miene an den Mund. Entschuldigen Sie meinen Gefühlsausbruch, sagte er, entschuldigen Sie meinen Gefühlsausbruch. Es gibt nichts, wofür Sie sich entschuldigen müßten, sagte ich, es tut immer gut, seinen Gefühlen freien Lauf zu lassen, das entgiftet, wie dem auch sei, das Klassenbewußtsein ist etwas ganz Einfaches, Sie haben festgestellt, daß Sie nicht der Klasse der Reichen angehören, das ist alles. Und ich sage Ihnen noch etwas, sagte der Maître der Casa do Alentejo, das nächste Mal wähle ich mit Sicherheit nicht ihre Partei, wissen Sie, ich habe mich für einen von ihnen gehalten und ihre Partei gewählt, aber jetzt ist das Spiel aus, ich ändere mein Wahlverhalten, jetzt, wo ich Klassenbewußtsein besitze, meinen Sie, daß ich es wirklich habe? Aber ja, beruhigte ich ihn, ich glaube, Sie besitzen ein ganz ausgeprägtes Klassenbewußtsein, auch wenn es vielleicht etwas spät kommt. Lieber spät als nie, seufzte er und füllte wieder die Gläser. Übertreiben Sie nicht, sagte ich, dieser Wein ist sehr stark, und für meinen Stoß brauche ich schnelle Reflexe. Der Maître der Casa do Alentejo lächelte sein melancholisches Lächeln und zündete sich eine Zigarette an. Darf ich? fragte er. Nur zu, nur zu, sagte ich.

Wir saßen schweigend in unseren Sesseln. Von draußen hörte man in der Ferne die Sirene eines Krankenwagens. Jemandem geht es schlechter als uns, sagte der Maître der Casa do Alentejo weise, und dann fragte er mich: Und welche Partei würden Sie mir empfehlen zu wählen? Das ist eine sehr schwierige Frage, sagte ich, ich wüßte nicht, was für einen Rat ich Ihnen bei einer derart persönlichen Entscheidung geben sollte. Aber der Herr hat mein Problem verstanden, sagte er, einen Tip könnten Sie mir vielleicht doch geben. Hören Sie, sagte ich, wenn Sie sich wirklich für eine Partei entscheiden müssen, entscheiden Sie sich für die, zu der Ihnen Ihr Herz rät, lassen Sie Ihr Gefühl entscheiden, oder besser gesagt, Ihr Innerstes, die Entscheidungen, die aus tiefstem Herzen kommen, sind die besten. Er lächelte und sagte: Danke, ich glaube, es ist auch an der Zeit, so etwas zu tun, ich bin fünfundsechzig, wenn ich nicht jetzt eine Entscheidung aus tiefstem Herzen treffe, wann dann? Der Maître der Casa do Alentejo stöpselte die Flasche zu und sagte: Der Rest ist der Preis für den Sieger, ich glaube, es ist jetzt an der Zeit für Sie, Ihren Stoß zu versuchen.

Wir standen auf, und ich spürte, daß ich unsicher auf den Beinen war, ich dachte, in dieser Lage wäre es bereits ein Wunder, wenn es mir gelänge, die Kugel anzuvisieren, ich nahm dennoch mein Queue, rieb die Spitze mit Kreide ein und trat an den Rand des Billardtisches. Ich stellte mich auf die Zehenspitzen, um die Kugel von oben anzutippen. Meine Hand zitterte leicht, ich hätte einen Bock gebraucht, aber eine Karambolage macht man ohne Bock, von oben nach unten. Im Saal war es vollkommen still. Ich dachte, jetzt oder nie, schloß die Augen und führte den Stoß aus. Meine Kugel drehte sich um die eigene Achse, lief fast bis zur Mitte des Billardtisches, rollte gefährlich knapp an den anderen Kugeln vorbei, kam dann wie durch ein Wunder zurück, zog eine Kurve und näherte sich ganz langsam, als würde sie eine vorgeschriebene Bahn durchlaufen, der Kugel meines Gegners und kam neben ihr zum Stehen. Sie haben gewonnen! rief der Maître der Casa do Alentejo bewundernd aus, dieser Stoß verdient Applaus. Er lehnte das Queue an den Billardtisch und klatschte wohlerzogen in die Hände. In genau diesem Moment klingelte es an der Eingangstür, er entschuldigte sich und ging nachsehen. Ich wischte mir mit einem Taschentuch den Schweiß von der Stirn und dachte, daß es vielleicht an der Zeit wäre, noch einmal das Hemd zu wechseln, den ich war schon wieder klatschnaß. Ich zog es aus, legte es auf einen Sessel und schlüpfte in das himmelblaue Hemd, das ich den ganze Tag unter dem Arm herumgetragen hatte.

Draußen ist eine Dame, die auf Sie wartet, sagte der Maître der Casa do Alentejo, als er in den Saal zurückkkam, sie sagt, sie sei Frau Isabel. Führen Sie sie bitte an die Bar, sagte ich, ich komme gleich. Und ich nahm die Flasche Portwein.

8.

Die Nacht ist warm, die Nacht ist lang, die Nacht ist wunderbar dazu geeignet, daß man sich Geschichten anhört, sagte der Mann, der sich neben mich auf den Sockel der Statue von Don José setzte. Es war wirklich eine wunderbare Nacht, eine warme und milde Vollmondnacht, die etwas Sinnliches und Magisches hatte, auf dem Platz waren fast keine Autos, die Stadt stand gewissermaßen still, die Leute waren wohl an den Stränden geblieben und kamen später zurück, der Terreiro do Paço lag einsam da, ein Fährschiff tutete, bevor es ablegte, seine Lichter waren die einzigen, die auf dem Tejo zu sehen waren, alles war reglos, als sei es verzaubert, ich sah meinen Gesprächspartner an, er war ein dünner Landstreicher mit Tennisschuhen und einem gelben T-Shirt, er hatte einen langen Bart und war fast kahl, er war wohl ungefähr in meinem Alter oder etwas älter, auch er sah zu mir her und hob mit einer theatralischen Geste den Arm. Das ist der Mond der Dichter, sagte er, der Dichter und der Geschichtenerzähler, das ist eine ideale Nacht, um sich Geschichten anzuhören, aber auch, um welche zu erzählen, möchten Sie nicht eine hören? Und warum sollte ich mir eine Geschichte anhören? sagte ich, ich sehe keinen Grund dafür. Es gibt einen ganz einfachen Grund, antwortete er, es ist eine Vollmondnacht, und Sie sitzen hier ganz allein und betrachten den Fluß, Ihre Seele ist einsam und hat Sehnsucht, und eine Geschichte könnte Sie fröhlich stimmen. Ich habe den ganzen Tag Geschichten gehört, sagte ich, ich glaube nicht, daß ich noch welche brauchen kann. Der Mann schlug die Beine übereinander, stützte mit nachdenklicher Miene das Kinn auf die Hände und sagte: Eine Geschichte kann man immer brauchen, auch wenn es nicht so aussieht. Aber warum sollten gerade Sie mir eine Geschichte erzählen? fragte ich, das verstehe ich nicht. Weil ich Geschichten verkaufe, sagte er, ich bin ein Geschichtenverkäufer, das ist mein Beruf, ich verkaufe selbsterfundene Geschichten. Das verstehe ich nicht, sagte ich. Hören Sie, sagte er, das wäre eine lange Geschichte, aber die will ich Ihnen heute nacht nicht erzählen, für gewöhnlich spreche ich nicht gern von mir, ich spreche lieber von meinen Personen. Nein, nein, protestierte ich, Ihre Geschichte interessiert mich, erzählen Sie mir etwas von sich. Da gibt es nicht viel zu erzählen, sagte der Geschichtenverkäufer, ich bin ein gescheiterter Schriftsteller, das ist meine ganze Geschichte. Entschuldigen Sie, sagte ich, aber ich verstehe Sie wirklich nicht, wollen Sie mir nicht etwas mehr erzählen? Nun, sagte er, ich bin Arzt, ich habe Medizin studiert, aber Medizin war nicht die Wissenschaft, die ich studieren wollte, als Student habe ich die Nächte damit verbracht, Geschichten zu schreiben, dann habe ich promoviert und angefangen, meinen Beruf auszuüben, ich habe begonnen, in einer Beratungsstelle zu arbeiten, aber ich langweilte mich mit meinen Patienten, ihre Fälle interessierten mich nicht, mich interessierte vielmehr, an meinem Schreibtisch zu sitzen und Geschichten zu schreiben, ich habe nämlich eine blühende Phantasie, die ich nicht im Zaum halten kann, sie ergreift von mir Besitz und zwingt mich, Geschichten zu erfinden, alle Arten von Geschichten, tragische, komische, dramatische, fröhliche, oberflächliche, tiefsinnige, und wenn sich meine Phantasie entfesselt, kann ich fast nicht mehr leben, ich beginne zu schwitzen, fühle mich schlecht, bin unruhig und durcheinander, ich sitze da und denke an meine Geschichten, nichts anderes hat mehr Platz.

Der Geschichtenverkäufer machte eine kleine Pause und wiederholte seine theatralische Geste mit dem Arm, als wolle er den Mond einfangen. Und dann? fragte ich. Und dann, sagte er, dann habe ich mir irgendwann gedacht, ich sollte die Geschichten niederschreiben, die mich heimsuchten, und so habe ich zehn Geschichten geschrieben, eine tragische, eine komische, eine tragikomische, eine dramatische, eine sentimentale, eine ironische, eine zynische, eine satirische, eine phantastische und eine realistische, und mein Manuskript in einen Verlag getragen. Dort lernte ich den Verlagsleiter kennen, einen sehr sportiven Herrn, der Jeans trug und an einem Zigarettenstummel kaute. Der sagte, er würde alles lesen und ich solle in einer Woche wiederkommen. Nach einer Woche ging ich hin, und der Verlagsleiter sagte zu mir: Offenbar haben Sie nie die amerikanischen Minimalisten gelesen, tut mir leid, aber das fehlt Ihnen leider: Sie haben die amerikanischen Minimalisten nicht gelesen. Ich wollte mich nicht geschlagen geben und ging zu einem anderen Verleger. Dort war eine sehr elegante Dame mit einem Tuch um den Hals, auch sie bat mich, in einer Woche wiederzukommen, und ich ging wieder hin. Ihre Geschichten haben zuviel Handlung, mein Herr, sagte die elegante Dame zu mir, offensichtlich haben Sie nie die Avantgardeliteratur gelesen, die Avantgardeliteratur hat die Handlung abgeschafft, mein lieber Herr, heutzutage eine Handlung zu erfinden ist Retrograde. Ich wollte mich nicht geschlagen geben und ging zu einem dritten Verleger. Ich lernte einen sehr ernsthaften Herr kennen, der Pfeife rauchte, er bat mich, in einer Woche wiederzukommen, und ich ging hin. Sie haben absolut keine Ahnung, was Pragmatik ist, sagte mir der sehr ernsthafte Herr, Ihre Realität entbehrt jeglichen Zusammenhangs, was Sie brauchen, ist ein Psychiater. Ich ging hinaus und begann ziellos durch die Stadt zu laufen. Meine Beratungsstelle war geschlossen, niemand kam mehr, ich war traurig und hatte kein Geld, aber obwohl ich traurig war, hatte ich enorme Lust, den Leuten meine Geschichten zu erzählen, und so begann ich herumzulaufen und dachte: Gut, wenn ich alle diese Geschichten zu erzählen habe, gibt es vielleicht auch Leute, die Lust haben, sie sich anzuhören, die Stadt ist groß, und so begann ich in der Stadt herumzuwandern und Geschichten zu erzählen, und jetzt verdiene ich mir damit meinen Lebensunterhalt.

Der Geschichtenverkäufer senkte den Arm und hielt mir die Hand hin, als ob er mir etwas anböte. Ich schenke Ihnen den Mond dieser Nacht, sagte er, und ich schenke Ihnen die Geschichte, die Sie gern hören würden, ich weiß, daß Sie gern eine Geschichte hören würden. Ich würde jetzt wirklich gern eine hören, sagte ich, ich würde jetzt tatsächlich gern eine hören, aber bitte, es darf keine sehr lange Geschichte sein, ich habe gleich eine Verabredung auf der Mole von Alcântara und möchte nicht zu spät kommen. Kein Problem, sagte der Geschichtenverkäufer, Sie brauchen sich nur auszusuchen, was für eine Art von Geschichte Sie in dieser Nacht gerne hören würden. Nun, sagte ich, ich wollte Sie um eine Information bitten, ich glaube, ich muß die Person, mit der ich verabredet bin, zum Abendessen einladen, Sie kennen die Stadt doch gut, vielleicht können Sie mir sagen, ob es in Alcântara ein vernünftiges Restaurant gibt. Und ob, mein Herr, sagte der Geschichtenverkäufer, genau gegenüber der Mole gibt es ein Restaurant, das früher einmal eine Bahnhofshalle oder so etwas ähnliches war, inzwischen wurde sie in einen multifunktionellen Ort der Begegnung umgewandelt, es gibt dort ein Restaurant, eine Bar, eine Diskothek und wer weiß, was noch, es ist etwas sehr Modisches, ich glaube, es ist ein postmodernes Lokal. Postmodern, sagte ich, in welcher Hinsicht postmodern? Das kann ich Ihnen auch nicht erklären, sagte der Geschichtenverkäufer, ich meine, es ist in vielen Stilen eingerichtet, also, es ist ein Restaurant mit vielen Spiegeln und undefinierbarer Küche, mit einem Wort, es ist ein Lokal, das mit der Tradition gebrochen hat, indem es die Tradition weiterführt, sagen wir, es scheint das Resümee verschiedener unterschiedlicher Formen zu sein, meiner Meinung nach besteht genau darin die Postmoderne.

Ich glaube, das ist der richtige Ort für meinen Gast, sagte
ich, und dann fragte ich: Ist es teuer, ich habe nämlich nicht
viel Geld und würde mir gern eine Ihrer Geschichten anhören, aber ich weiß nicht, ob ich genug Geld dafür habe. Es
ist nicht teuer, sagte der Geschichtenverkäufer, wenn Sie
nicht gerade geräucherten Schwertfisch oder Austern essen, denn es ist ein elegantes Restaurant, und man bekommt dort dieses ganze Zeug, dann werden Sie es nicht
teuer finden, und außerdem sind meine Geschichten billig,
ich kann Ihnen einen Sonderpreis machen, in Anbetracht
der späten Stunde und Ihrer Situation, aber meine Geschichten haben sowieso unterschiedliche Preise, es hängt
vom Genre ab. Was haben Sie mir heute nacht zu erzählen?
fragte ich. Also, sagte er, ich habe eine ziemlich sentimentale Geschichte, die Ihnen in einer Nacht wie dieser vielleicht ein Trost sein kann. Sentimentale Geschichten will
ich keine, sagte ich, mein heutiger Tag war eher zu senti-
mental, ich habe genug davon. Dann hätte ich eine sehr lu-
stige Geschichte, sagte er, eine Geschichte, bei der man sich
totlacht. Die kann ich auch nicht brauchen, sagte ich, ich
habe keine Lust, mich totzulachen. Der Geschichtenverkäufer seufzte. Sie sind aber ganz schön schwierig, sagte er.
Hören Sie, sagte ich, fahren Sie fort, mir Ihre Ware anzu-
bieten, und nennen Sie mir die Preise. Ich habe eine Traum-
geschichte um zweihundert Escudos, sagte er, eine wirklich wahnwitzige Geschichte. Um Himmels willen, sagte
ich, nichts Wahnwitziges, mein Tag war wahnwitzig genug.
Dann habe ich noch ein Märchen für Kinder um dreihun-
dert Escudos, sagte er, eine Geschichte, wie man sie früher
Kindern erzählte, damit sie einschliefen, es ist nicht gerade
eine Feengeschichte, aber sie handelt von einer magischen
Welt, von einer Sirene, die in einem Zirkus arbeitete und
sich in einen Fischer aus Ericeira verliebte, es ist eine
schöne, etwas melancholische Geschichte, und das Ende

rührt zu Tränen. Ist gut, mein Freund, sagte ich, vielleicht habe ich heute nacht Lust, ein wenig zu weinen, erzählen Sie mir die Geschichte von der Sirene, ich schließe die Augen und höre sie mir an, als wäre ich ein Kind, das gerade einschläft.

Die Fähre aus Cacilhas tutete beim Anlegen. Die Nacht war wirklich wunderbar, der Mond, der über den Arkaden des Terreiro do Paço hing, sah aus, als bräuchte man nur die Hand auszustrecken, um ihn zu erhaschen. Ich betrachtete den Mond, zündete mir eine Zigarette an, und der Geschichtenverkäufer begann seine Geschichte zu erzählen.

9.

Der Kellner hatte seine Haare zu einem kleinen Pferdeschwanz zusammengebunden, trug eine eng anliegende Hose und ein rosa Hemd. Ich bin Mariazinha, sagte er mit strahlendem Lächeln, und dann fragte er, indem er sich an meinen Gast wandte: Sie haben doch nicht zufällig etwas gegen Mariazinhas? Mein Gast musterte Mariazinha von oben bis unten und fragte mich: *Is he mad?* Nein, antwortete ich, das glaube ich nicht, er ist nur fröhlich. *Can a homosexual be merry?* fragte mein Gast, *what's all that about?* Auch Botto war ein fröhlicher Mensch, warf ich ein, das müßten Sie doch wissen, Sie waren sein Freund. *Botto wasn't merry*, sagte er, *he was an aesthete, it's different.*

Ist Ihr Freund Engländer? fragte mich Mariazinha, Engländer halte ich nicht aus, sie sind ja so langweilig! Nein, sagte ich, mein Gast ist kein Engländer, er ist Portugiese, hat aber in Südafrika gelebt, er spricht gerne Englisch, er ist ein Dichter. Ah, gut, sagte Mariazinha, ich bewundere Menschen, die Sprachen beherrschen, ich kann nur spanisch, das habe ich in Estremoz gelernt, ich habe in der Pousada Santa Isabel gearbeitet, *les gusta Estremoz, caballeros?* Mein Gast warf Mariazinha noch einen Blick zu und sagte: *He's mad.* Nein, sagte ich, das glaube ich nicht, ich erkläre es Ihnen später. Das ist jedenfalls die Weinkarte, sagte Mariazinha, die Tageskarte habe ich komplett hier in meinem Köpfchen, später, wenn es soweit ist, sage ich euch, was es gibt, vorerst lasse ich euch erst einmal allein, *caballeros*, ich muß den großen Jungen da bedienen, der ganz allein dasitzt und wahrscheinlich schon vor Hunger stirbt.

Mit den Hüften wackelnd ging Mariazinha weg und kümmerte sich um einen Herrn, der allein an einem Ecktisch saß. Wohin haben Sie mich bloß gebracht? sagte mein Gast, was ist das für ein Lokal? Ich weiß nicht, antwortete ich, ich bin zum erstenmal da, es wurde mir empfohlen, es scheint ein postmodernes Lokal zu sein, entschuldigen Sie, wenn ich es Ihnen sage, aber möglicherweise sind Sie nicht ganz unschuldig an alldem, ich meine, an der Postmoderne. Das verstehe ich nicht, sagte mein Gast. Nun, fuhr ich fort, ich dachte an die Avantgarde, an das, was die Avantgarde gemacht hat, ich verstehe noch immer nicht, sagte mein Gast. Nun, fuhr ich fort, wenn man es recht betrachtet, war es die Avantgarde, die die Dinge aus dem Gleichgewicht gebracht hat, so etwas hinterläßt Spuren. Aber hier ist alles so gewöhnlich, sagte er, wir waren elegant. Das denken *Sie*, sagte ich, aber ich stimme Ihnen nicht zu, der Futurismus zum Beispiel war gewöhnlich, er mochte Lärm und Krieg, ich glaube, daß er auch eine gewöhnliche Seite hatte, ich würde sogar sagen, Ihre futuristischen Oden haben etwas Gewöhnliches an sich. Deshalb wollten Sie mich sehen? fragte er, um mich zu beleidigen? Eigentlich wollte nicht ich Sie sehen, erklärte ich, sondern Sie wollten mich sehen. Nun, ich habe Ihre Botschaft erhalten, sagte er. Das ist stark, sagte ich, heute morgen habe ich ruhig unter einem Baum in Azeitão gesessen und gelesen, *Sie* haben mich zu sich gerufen. Schon gut, sagte mein Gast, wie Sie wollen, wir werden uns nicht streiten, sagen wir, ich würde gerne wissen, was Ihre Absichten sind. In bezug worauf? fragte ich. In bezug auf mich, zum Beispiel, sagte mein Gast, in bezug auf mich: Das interessiert mich. Sind Sie zufälligerweise etwas egozentrisch? fragte ich. Natürlich, antwortete er, aber was soll man machen, alle Dichter sind egozentrisch, und mein Ego hat ein ganz besonderes Zentrum, übrigens, wenn ich Ihnen sagen wollte, wo sich dieses Zentrum befindet, wüßte ich es nicht. Über das, was Sie mir gerade sagen, habe ich mir einige Gedanken gemacht, sagte ich, ich habe mein Leben damit verbracht, mir über Sie Gedanken zu machen, und jetzt habe ich genug davon, genau das wollte ich Ihnen sagen. *Please*, sagte er, Sie werden mich doch nicht mit Menschen allein lassen, die keine Zweifel haben, das sind schreckliche Leute. Sie brauchen mich nicht, sagte ich, erzählen Sie mir keine Geschichten, die ganze Welt bewundert Sie, ich habe Sie gebraucht, aber jetzt möchte ich aufhören, jemanden zu brauchen, das ist alles. Haben Sie sich nicht wohl gefühlt in meiner Gesellschaft? fragte er. Nein, antwortete ich, sie war sehr wichtig, aber sie hat mich beunruhigt, ja, sagen wir, sie hat mich beunruhigt. Ach ja, bestätigte er, bei mir ist das letztendlich immer so, aber hören Sie, glauben Sie nicht, daß die Literatur genau das tun muß, beunruhigen? Was mich anbelangt, so habe ich kein Vertrauen in eine Literatur, die das Gewissen beruhigt. Ich auch nicht, stimmte ich zu, aber schauen Sie, ich bin selbst schon unruhig genug, Ihre Unruhe gesellt sich zu meiner und verursacht Angst. Mir ist Angst lieber als ein fauler Friede, behauptete er, von beiden ist mir die Angst lieber.

Mein Gast schlug die Weinkarte auf und las sie aufmerksam. Wie kann man Wein aussuchen, ohne das Essen ausgesucht zu haben? sagte er, dieses Restaurant ist wirklich sehr merkwürdig. Eigentlich ißt man hier nur Fisch, sagte ich, deshalb sie fast nur Weißwein an, aber wenn Ihnen Rotwein lieber ist, es gibt einen roten Hauswein, der wahrscheinlich gar nicht schlecht ist. Nein, nein, sagte er, heute abend möchte ich Weißwein trinken, aber Sie müssen mir bei der Auswahl helfen, ich kenne die Marken nicht, es sind lauter neue. Einen jungen Wein oder einen älteren Jahrgang? fragte ich. Einen älteren Jahrgang, sagte er, einen älteren, ich mag keinen moussierenden Wein. Ich weiß nicht, ob Sie bemerkt haben, daß es einen Colares Chita gibt, das ist ein Wein aus Ihrer Zeit. Mein Gast stimmte zu und sagte: Es ist ein Wein aus Azenhas do Mar, neunzehnhundertdreiundzwanzig hat er in Rio de Janeiro eine Goldmedaille gewonnen, damals wohnte ich am Campo do Ourique.

Mariazinha kam zu uns, und ich bestellte bei ihr einen Colares. Möchten Sie bestellen? fragte Mariazinha. Also, sagte ich, wenn es Ihnen nichts ausmacht, würden wir gern ein Glas trinken, bevor wir bestellen, wir haben Durst, und außerdem möchten wir anstoßen. Kein Problem für mich, sagte Mariazinha, die Küche ist bis um zwei geöffnet und das Restaurant bis um drei, wie die Herren wünschen. Sie eilte davon und kam kurz darauf mit der Flasche und einem Kübel Eis zurück. Heute abend haben wir eine ganz literarische Speisekarte, sagte sie, während sie die Flasche öffnete, Pedrinho hat die Namen ausgesucht, *es el apocalipse, caballeros*. Wer ist Pedrinho? fragte ich. Pedrinho ist ein Junge, der uns in der Küche berät, sagte Mariazinha, er ist ein sehr gebildeter Junge, er hat in Évora Literatur studiert. Noch jemand aus dem Alentejo? fragte ich. Haben Sie etwas gegen die Leute aus dem Alentejo? erwiderte Mariazinha mit stolzer Miene, passen Sie auf, ich bin auch aus dem Alentejo, aus Estremoz. Nein, ich habe nichts gegen sie, antwortete ich, aber den ganzen Tag bin ich heute schon Leuten aus dem Alentejo begegnet, ich habe überall Leute aus dem Alentejo getroffen. Wir aus dem Alentejo sind international, sagte Mariazinha, wobei sie ihren Pferdeschwanz schüttelte, und ließ uns in Frieden.

Mein Gast hob das Glas. Stoßen wir an, sagte er. Einverstanden, stimmte ich zu, worauf stoßen wir an? Auf das kommende Jahrhundert, sagte er, das habt ihr wirklich nötig, dies war mein Jahrhundert, und ich bin ganz gut mit ihm zurechtgekommen, aber wer weiß, was für Probleme ihr mit dem haben werdet, das vor der Tür steht. Wer »ihr«? fragte ich. Ihr, ihr alle, die ihr jetzt lebt, antwortete er, ihr Menschen der Jahrhundertwende. Probleme haben wir bereits genug, sagte ich, wir haben es wirklich nötig, darauf anzustoßen. Ich möchte auch auf den Saudosismo trinken, auf unseren Hang zur Nostalgie, sagte mein Gast und hob aufs neue das Glas, ich habe Sehnsucht nach dem Saudosismo, der Ärmste, heute gibt es keine Saudosisten mehr, dieses Land wird furchtbar europäisch. Sie sind Europäer, sagte ich, Sie sind der europäischste Schriftsteller der Literatur des zwanzigsten Jahrhunderts, entschuldigen Sie, aber das hätten Sie sich wirklich sparen können. Wo ich doch nie aus Lissabon hinausgekommen bin, erwiderte er, ich habe Portugal nie verlassen, Europa hat mir zwar gefallen, aber als Idee, auf geistiger Ebene, eigentlich waren es die anderen, die ich in Europa herumgeschickt habe: ein Freund in England, ein anderer in Paris, aber ich nicht, ich blieb still und ruhig im Haus meiner Tante. Bequem, stellte ich fest, wirklich bequem. Nun ja, fuhr er fort, vielleicht war ich ein wenig feig, verstehen Sie mich, aber lassen Sie sich sagen, daß die Feigheit die mutigsten Texte dieses Jahrhunderts hervorgebracht hat, denken Sie zum Beispiel an diesen Tschechen, der auf deutsch schrieb, jetzt fällt mir sein Name nicht ein, glauben Sie nicht, daß seine Literatur von erstaunlichem Mut zeugt? Kafka, sagte ich, er hieß Kafka. Ja, der, sagte er, aber auch er war ein wenig feig. Mein Gast trank einen Schluck Colares und fuhr fort: Sein ganzes Tagebuch hat einen Unterton von Feigheit, aber was für ein Mut, so ein Buch zu schreiben, Sie wissen ja, dieses wunderbare Buch über die Schuld. *Der Prozeß?* fragte ich, Sie meinen wohl den *Prozeß?* Ja, natürlich, sagte er, das ist das mutigste Buch unseres Jahrhunderts, es hat den Mut, zu behaupten, daß wir alle schuldig sind. Wessen schuldig? fragte ich. Was heißt »wessen«? sagte er, daß wir geboren worden sind, vielleicht, und wegen der Dinge, die danach passiert sind, wir sind alle schuldig.

Mariazinha kam mit strahlendem Lächeln auf uns zu, der Puder auf ihrem Gesicht begann aufgrund der Hitze und des Schweißes kleine Klümpchen zu bilden, aber sie bewahrte noch immer ihre heitere Miene. Gut, *caballeros*, sagte sie, jetzt erkläre ich euch die Tageskarte, es ist eine poetische Karte, aber die *nouvelle cuisine* verlangt nach Poesie, als Vorspeise haben wir eine »Amor-de-perdição«-Suppe und einen »Fernão-Mendes-Pinto«-Salat, was sagt ihr dazu? Die Namen sind blumig, sagte ich, aber vielleicht könnten Sie etwas deutlicher sein. Gut, sagte Mariazinha, die »Amor-de-perdição«-Suppe ist eine Koriandersuppe mit viel Koriander und Hühnerklein, der »Mendes-Pinto«-Salat ist etwas Exotisches mit Avocados, Krebsen und Sojakeimen. *Am I also to blame for the* nouvelle cuisine? fragte mein Gast, *I'm not responsible for those horrible names.* Die *nouvelle cuisine* ist wirklich etwas Grauenhaftes, mit dem Sie nichts zu tun haben, sagte ich, Sie haben recht. Spricht Ihr Freund nur englisch? fragte Mariazinha, wie langweilig. Und danach, fragte ich sie, was gibt es als Hauptspeise? Nun, sagte Mariazinha, lassen Sie mich ein wenig nachdenken, wir haben einen »tragisch-maritimen« Barsch, eine »intersektionistische« Seezunge, Aale aus der Gafeira-Lagune auf »Delphin-Art« und Stockfisch à la »Hohn und Spott«. Mein Gast runzelte die Stirn und flüsterte mir zu: *Ask him how the sole is cooked.* Ich fragte, und Mariazinha bekam einen inspirierten Ausdruck. Sie hat eine Fülle auf Schinkenbasis, sagte sie, deshalb ist sie intersektionistisch, Fisch und Fleisch. Mein Gast lächelte spöttisch und nickte. Und die Aale auf »Delphin-Art«, fragte ich, wie werden die zubereitet? Sie werden in ihrem Saft gekocht, sagte Mariazinha, eine Spezialität des Hauses. Und wie wird ihr Saft zubereitet, können Sie mir das sagen? Also, sagte Mariazinha, Sie kennen doch Fischsuppe, oder nicht? Ja, also, ihr Saft ist der Saft, den man gewinnt, wenn man die Aale kocht, so werden sie zubereitet, mit dem Fett der Aale, dem man Salz und Essig zufügt. Diesen Saft, der ausgezeichnet ist, gießt man über die Aale in der Pfanne und läßt ihn aufkochen, eigentlich ist es ein

Gericht, das so ähnlich wie *caldeirada de enguias à moda da Murtosa* schmeckt, nur feiner, deshalb nennen wir es Aale aus der Gafeira-Laguna »auf Delphin-Art«. Aber es gibt doch gar keine Gafeira-Lagune, sagte ich, das ist ein erfundener Ort, ein literarischer Ort. Wenn Sie wüßten, wie egal mir das ist, Portugal ist voller Lagunen, eine Gafeira-Lagune läßt sich immer finden. Dann bringen Sie mir die Aale, sagte ich, aber nur eine halbe Portion, nur zum Kosten, damit ich mir eine Vorstellung machen kann.

Mariazinha ging weg, und mein Gast füllte aufs neue die Gläser. Das ist ein unglaubliches Lokal, sagte er. Entschuldigen Sie, wenn ich das Thema wechsle, sagte ich, aber ich hätte gern, daß Sie mir von Ihrer Kindheit erzählen, Ihre Kindheit macht mich sehr neugierig. Meine Kindheit! rief mein Gast aus, ich habe nie mit jemandem über meine Kindheit gesprochen, und jetzt, beim Abendessen werden wir schon gar nicht darüber sprechen. Ich bitte Sie, erwiderte ich, erzählen Sie mir von Ihrer Kindheit, das ist das Geheimnisvollste in Ihrem Leben, wir treffen uns heute zum ersten- und zum letztenmal, ich möchte diese Gelegenheit nicht verpassen. Glauben Sie mir, sagte mein Gast, ich hatte eine glückliche Kindheit, glauben Sie mir, mein Vater ist zwar gestorben, aber das habe ich kaum bemerkt, ich habe einen neuen Vater gefunden, einen guten und schweigsamen Mann, er war kein Vater, er war ein Symbol, es ist schön, mit Symbolen zu leben. Und wie war es mit Ihrer Mutter? fragte ich, Sie waren ihr sehr verbunden, Ihre Kritiker, manche zumindest, gehen sogar so weit, Ihnen eine Art Ödipuskomplex zu unterstellen. Ach was, sagte mein Gast, wir hatten ein sehr heiteres Verhältnis, meine Mutter war ein einfacher Mensch, sie hatte keine Ahnung, was Fiktion ist, hören Sie, ich habe zugelassen, daß alle dachten, ich hätte eine geheimnisvolle Kindheit gehabt, weil ich die Kindheit aus meinen Schriften verbannte, aber das sind lauter Märchen, glauben Sie mir, nur um die Kritiker in die Irre zu führen, ich halte sie für dermaßen indiskret, daß ich mich lieber von Anfang an über sie lustig gemacht habe. Sie sind ein Lügner, sagte ich, ein großer Lügner, vielleicht haben Sie sogar Ihre Kritiker getäuscht, aber wenn Sie jetzt auch mich täuschen wollen, heißt das, daß Sie sich nicht an die Regeln halten. Hören Sie, sagte er, Sie können ruhig glauben, daß ich nicht aufrichtig bin, in dem Sinne, wie Sie den Begriff verstehen, meine Gefühle entstehen nur durch eine wahrhaftige Fiktion, Ihre Art von Aufrichtigkeit halte ich für eine Art Armut, die höchste Wahrheit besteht in der Fiktion, das war schon immer meine Überzeugung. Sie übertreiben, sagte ich, das ist jetzt eine zweifache Lüge, so geht es nicht. Es geht, und wie es geht, erwiderte mein Gast, es kommt einzig und allein darauf an, etwas zu spüren. Ja, sagte ich, ich bin auch davon überzeugt, daß Sie alles gespürt haben, ich dachte sogar immer, Sie hätten Dinge gespürt, die normale Menschen nicht zu spüren imstande wären, ich habe immer an Ihre okkulten Fähigkeiten geglaubt, Sie sind ein Zauberer, und genau deshalb bin ich hier und habe den Tag so verbracht, wie ich ihn nun eben verbracht habe. Und sind Sie zufrieden mit der Art und Weise, wie Sie den Tag verbracht haben? fragte er. Das könnte ich nicht sagen, antwortete ich, ich fühle mich ruhiger, leichter. Genau das haben Sie gebraucht, sagte er. Ich bin Ihnen sehr dankbar, sagte ich.

Mariazinha brachte die Vorspeise. Im Grunde waren es zwei völlig traditionelle Koriandersuppen, außer dem Namen hatte die *nouvelle cuisine* nichts dazuerfunden. Mein Gast nickte und sagte: Ich hätte mir nie gedacht, daß man in Alcântara so gut ißt, zu meiner Zeit gab es hier keine Restaurants, nur billige Kneipen, in denen man ausschließlich gekochten Stockfisch bekam. Das ist Europa, sagte ich, das sind die Auswirkungen von Europa. Zu meinen Lebzeiten, sagte mein Gast, lag Europa in weiter Ferne, es war ein Traum. Und Sie haben ihn oft geträumt? fragte ich. Nein, antwortete er, nicht so oft, mein Freund Mário hingegen schon, er hatte so gewisse Träume, wurde aber schrecklich enttäuscht, ich, wie Sie wissen, ging lieber zum Rossio-Bahnhof und wartete auf die Züge, die aus Paris am Rossio ankamen, es machte mir Spaß, die Reise vom Gesicht der anderen abzulesen. Natürlich, sagte ich, Ihnen hat es immer Spaß gemacht zu delegieren. Und Ihnen etwa nicht? bemerkte mein Gast. Mir auch, antwortete ich, ich glaube, Sie haben recht.

Die Hauptspeisen kamen, und wir begannen zu essen. Ich warf meinem Gast einen fragenden Blick zu, und er antwortete mir mit einem unbestimmten Blick. Wie schmeckt es, das intersektionistische Gericht? fragte ich. Er schüttelte den Kopf. Dafür gilt das gleiche, was Sie vom Futurismus sagten, antwortete er, vielleicht hat es auch eine gewöhnliche Seite. Aber es sieht doch sehr gut aus, sagte ich. Hervorragend, erwiderte er, genau deshalb ist es ein wenig gewöhnlich. Wir aßen schweigend weiter. Im Saal ertönte gedämpfte Musik, Klaviermusik, Liszt vielleicht. Zumindest die Musik ist gut, stellte ich fest. Ich mag Musik nicht, sagte mein Gast, ich habe sie nie gemocht. Das überrascht mich wirklich, sagte ich. Nur Volksmusik, fuhr er fort, Walzer und ähnliches, Viana da Mota gefällt mir allerdings, und Ihnen? Mir auch, sagte ich, vielleicht hat er etwas mit Liszt gemeinsam, meinen Sie nicht? Vielleicht, sagte er, aber er ist sehr portugiesisch.

Mariazinha nahm die Teller vom Tisch. Sie zählte uns die Nachspeisen mit den blumigen Namen auf, aber mein Gast schien nicht begeistert zu sein. Ihr Freund ist ein wenig deprimiert, sagte Mariazinha, er schaut düster drein, der Ärmste, er ist Engländer, nicht wahr? Ich habe Ihnen doch schon gesagt, daß er Portugiese ist! rief ich etwas verärgert, und daß er gerne Englisch spricht. Verlieren nicht auch Sie die Nerven, *caballero*, erwiderte Mariazinha und nahm die Teller.

Sie kommen mir müde vor, stellte mein Gast fest, möchten Sie mich nicht ein Stück begleiten? Gerade dachte ich, daß ich ein wenig Luft schnappen sollte, stimmte ich zu, heute war ein langer, ein endloser Tag. Ich rief Mariazinha und verlangte die Rechnung. Lassen Sie mich zahlen, sagte mein Gast. Kommt gar nicht in Frage, protestierte ich, es war meine Idee, in dieses Restaurant zu gehen, und außerdem habe ich den ganzen Tag gespart, um dieses Abendessen bezahlen zu können, bitte, bestehen Sie nicht darauf. Mariazinha nahm die Kerze vom Tisch und begleitete uns zum Ausgang. *Hasta la vista, caballeros*, sagte sie, *gracias y buenas noches. Good-bye, Sir*, antwortete ihr mein Gast.

Wir überquerten die Straße und gingen am Hafenbahnhof vorbei. Ich gehe bis ans Ende der Mole, sagte mein Gast, möchten Sie mich nicht begleiten? Gewiß, sagte ich, ich komme mit. Neben dem Eingang stand ein Bettler, ein alter Mann, der eine Ziehharmonika umgehängt hatte. Als er uns sah, streckte er die Hand aus und sagte einen unverständlichen Spruch auf. Eine milde Gabe, bitte, murmelte er schließlich. Mein Gast blieb stehen und steckte die Hand in die Tasche, nahm seine Brieftasche und fischte eine alte Banknote heraus. Das ist Geld aus meiner Zeit, sagte er betrübt, vielleicht können Sie mir helfen. Ich kramte in meiner Tasche und fand einen Hundert-Escudos-Schein. Mehr habe ich nicht, sagte ich, ich bin blank, aber der Schein ist hübsch, finden Sie nicht? Er betrachtete die Banknote und lächelte. Er streckte sie dem Ziehharmonikaspieler hin und fragte ihn: Können Sie alte Lieder spielen? Ich kann *Lisboa Antiga*, sagte der Ziehharmonikaspieler beflissen, ich kenne alle Fados. Vielleicht auch noch ältere, sagte mein Gast, solche aus den dreißiger Jahren, Sie müßten sich erinnern, so jung sind Sie ja auch nicht. Vielleicht, sagte der Ziehharmonikaspieler, sagen Sie mir, was Sie gerne hören würden. *São tão lindos os teus olhos* zum Beispiel, sagte mein Gast. Und ob ich das kenne, sagte der Ziehharmonikaspieler strahlend, ich kenne es in- und auswendig. Mein Gast gab ihm die hundert Escudos und sagte: Dann folgen Sie uns in einigen Metern Entfernung und spielen Sie diese Musik, aber ganz leise, denn wir müssen uns unterhalten. Er setzte eine vertrauliche Miene auf und flüsterte mir ins Ohr: Einmal habe ich zu dieser Musik mit meinem Liebchen getanzt, aber das weiß niemand. Sie konnten tanzen? rief ich aus, das hätte ich nie gedacht. Ich war ein ausgezeichneter Tänzer, sagte er, ich habe mir das Tanzen selbst beigebracht, mit Hilfe eines Büchleins, das *Der moderne Tänzer* hieß, solche Büchlein, aus denen man etwas lernen kann, haben mir immer schon gefallen, spät am Abend, wenn ich aus dem Büro heimkam, tanzte ich ganz allein und schrieb Gedichte und Briefe an mein Liebchen. Sie haben sie sehr geliebt, stellte ich fest. Sie war die Zugfeder meines Herzens, antwortete er. Er blieb stehen, so daß ich gezwungen war, ebenfalls stehenzubleiben. Auch der Ziehharmonikaspieler blieb stehen, spielte aber weiter. Schauen Sie den Mond an, sagte mein Gast, genau denselben Mond habe ich mit meinem Liebchen betrachtet, wenn wir am Poço do Bispo spazierengingen, ist das nicht merkwürdig?

Wir waren am Ende der Mole angekommen. Gut, sagte er, bei dieser Bank haben wir uns getroffen, und bei dieser Bank verabschieden wir uns, Sie müssen müde sein, Sie können diesem armen Mann sagen, er kann gehen. Er setzte sich, und ich ging zu dem Ziehharmonikaspieler, um ihm zu sagen, daß wir seine Musik nicht mehr brauchten. Der Alte wünschte mir eine gute Nacht, ich drehte mich um, und erst jetzt bemerkte ich, daß mein Gast verschwunden war.

Rund um das Landhaus herrschte Stille, eine kühle Brise war aufgekommen, die die Blätter des Maulbeerbaumes streichelte. Gute Nacht, sagte ich, oder besser: Adieu. Wem oder was sagte ich adieu? Ich wußte es nicht recht, aber genau das wollte ich laut sagen. Adieu und allen eine gute Nacht, wiederholte ich. Ich legte den Kopf in den Nacken und betrachtete den Mond.

Die Gerichte,
die in diesem Buch gegessen werden
(oder gegessen werden könnten):

Kapitel 2: Die *feijoada* ist eine Bohnensuppe, von der es in jeder Region Portugals eine eigene Variante gibt und die reich an verschiedenen Fleischsorten (auf jeden Fall Schweinefleisch), Würsten und Gemüse ist.

Kapitel 3: *sarrabulho à moda do Douro:* Dieses reichhaltige Gericht aus dem Norden brauchen wir nicht zu beschreiben, denn Herrn Casimiros Frau verrät das Rezept. *Papos de anjos de Mirandela* (Doppelkinn der Engel) ist eine Süßspeise, die mit Eiern und Mandeln zubereitet wird, ein Rezept aus der Klosterküche. Der Reguengos de Monsaraz ist ein berühmter Rotwein, der im gleichnamigen Ort im Unteren Alentejo erzeugt wird.

Kapitel 4: *Migas, açorda* und *sargalheta* sind Spezialitäten aus dem Alentejo. *Migas* kann man, wie die Pluralform andeutet, auf verschiedenste Weise zubereiten: Die Grundlage ist jedoch immer altes, selbstgebackenes Brot, das mit wenig Öl angebraten wird, so daß es zu einer Art trockenem, geröstetem Mehl zerfällt, das man als Beilage zu Fleisch oder Fisch serviert. Die *açorda* ist ein Brotgericht aus altem, selbstgebackenem Brot, das für gewöhnlich mit Knoblauch und *coentros* (frischen Korianderblättchen) gewürzt wird. Wird als Beilage zu Fleisch oder Fisch gegessen und dient als Grundlage komplizierterer Gerichte. Die bekannteste Variante ist die in Kapitel 6 erwähnte *açorda de mariscos,* bei dem das Brotgericht mit Krabben und anderen Meeresfrüchten verfeinert und mit frischen Eiern gebunden wird. Die *sargalheta* ist eine Wintersuppe aus Speck, Würsten, Eiern, Kartoffeln und Zwiebeln.

Kapitel 5: Ananas- (oder Orangen-) *Sumol* ist ein stark gezuckertes, mit dem Geschmack der jeweiligen Früchte aromatisiertes Sprudelgetränk. »Janelas Verdes' Dream«, eine

Erfindung des Barmanns im Museum antiker Kunst (also des Autors), heißt so, weil das Museum auch als »Museu das Janelas Verdes« (Museum der grünen Fenster) bekannt ist, nach dem Namen der Straße, in der es sich befindet.

Kapitel 6: *Arroz de tamboril* ist ein Reisgericht, das mit Seeteufel (*tamboril*), Tomaten, Knoblauch und Korianderblättchen zubereitet und kochend heiß im Tontopf serviert wird. Die hier erwähnte Suppe aus dem Alentejo ist wohl das einfachste Gericht dieser regionalen Küche, die wie alle armen Küchen mit wenigen und einfachen Zutaten auskommt (in diesem Fall: heißes Wasser und Salz, geröstetes, mit Knoblauch gewürztes Brot, frische Korianderblättchen und rohe Eier), jedoch wie alle armen Küchen reich an den verschiedensten Suppen ist.

Kapitel 7: Der *ensopado de borreguinho à moda de Borba*, eine Spezialität aus dem Alentejo, ist ein Schmorbraten aus Lammfleisch und Innereien vom Lamm, der mit Essig aromatisiert und auf dünnen Brotschnitten serviert wird, praktisch also eine Art Eintopf. Die *poejada* ist ein Eintopfgericht aus altem Brot, Knoblauch, Zwiebeln und frischem Käse, die mit *poejos* (einer Art wilder Minze) aromatisiert wird.

Kapitel 9: Wie alle Menüs der »kreativen Küche« oder der *nouvelle cuisine* ist auch das Mariazinhas – die in einer Pousada gearbeitet hat, einem der staatlich verwalteten, in alten Schlössern oder Villen oder Klöstern untergebrachten Luxushotels (vergleichbar mit den spanischen Paradores oder den französischen Relais et Chateaux) – durch und durch ein Phantasiegericht. Aber es ist ein »literarisches« Menü. Es lohnt sich klarzustellen, worauf es sich bezieht.

Wir erinnern daran, daß *Amor de Perdição* der berühmteste Roman von Camilo Castelo Branco (1825–1861) ist, eines bedeutenden Schriftstellers der Romantik. Fernão Mendes Pinto (1510?–1583), ein Seefahrer, der sein abenteuerliches Leben zum Großteil im Fernen Osten verbrachte, ist Autor der *Peregrinação*, eines wunderbaren Prosa-Epos. Ebenfalls von Abenteuern auf hoher See handelt die *História trágico-marítima*, die Beiträge verschiedener Autoren vereint und Geschichten von Schiffbrüchigen aus dem sechzehnten und siebzehnten Jahrhundert erzählt. Der »Intersektionismus« ist eine künstlerische Bewegung, die 1914 von Fernando Pessoa mit der Veröffentlichung des Gedichts »Chuva oblíqua« (»Schiefer Regen«) begründet wurde. Die »Cantigas de escárnio e maldizer« (»Spott- und Hohngedichte«) sind eine satirische, komisch-realistische Form der galicisch-portugiesischen Lyrik, zwischen dem Ende des zwölften und der ersten Hälfte des vierzehnten Jahrhunderts. Die Lagune von Gafeira ist ein erfundener Ort, an dem der Roman *O Delfim* (1968) von José Cardoso Pires spielt. Das Rezept der Aale auf »Delphin-Art«, das glücklicherweise mit dem traditionellen der *enguias à moda da Murtosa* übereinstimmt, wird im Text beschrieben.

Das Gebiet von Colares in der Nähe von Sintra ist berühmt für seinen ausgezeichneten Weißwein.

Diese Anmerkungen stammen vom Übersetzer der italienischen Ausgabe.

Inhalt